말
의
선
물

言葉 の 贈り物

와카마쓰 에이스케 지음
송태욱 옮김

말의 선물

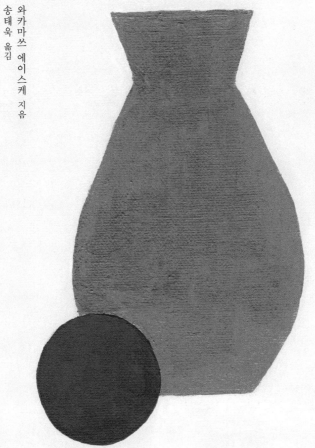

교유서가

일러두기

• 이 책은 『말의 선물』(저녁의책, 2018)을 재출간한 것이다.
• 본문의 각주는 모두 옮긴이 주다.

차례

한국어판에 부쳐

사람은 언제부터인가 선물을 사게 되었다. 사지 않고 스스로 만드는 일은 거의 없어졌고, 선물을 받는 사람도 주는 사람이 만든 것보다 산 것에 더 가치를 느끼게 되었다.

하지만 산 것은 언젠가 낡아버린다. 부서지는 것도 있을지 모른다. 운이 나쁘면 다른 누군가가 같은 것을 보내는 일도 일어난다. 둘도 없는 선물이 진부한 것이 되고 마는 일도 있다.

뭔가 특별한 마음을 담은 특별한 것을 보내고 싶다고 느끼는 것은 살아 있는 사람에게만은 아닐 것이다. 정말 그렇게 하고 싶은 대상은 오히려 죽은 사람이 아닐까. 만약 저세상에도 선물을 보낼 수 있다면, 하고 상상해본다. 우리는 거기에, 헤아릴 수 없고 심대하다고 하며, 상당한 노력과 정열을 기울일 것이다.

죽은 자의 나라에 마음을 전하고 싶다는 간절한 바람은 옛날부터 있었다. 역사를 돌아본다. 사람은 죽은 자들에게 실로 다양한 것을 보내왔다. 묘소만이 아니라 비석이나 동상을 세우는 일도 있다. 장례식 등의 의례도 죽은 사람들에게 가닿으려는 성실한 표현일 것이다. 하지만 그렇게 눈에 보이는 것뿐만 아니라 우리는 말을 선물할 수도 있다. 시는 그런 마음에서 태어났다. 많은 문화에서 시는 만가挽歌—죽은 자들에게 보내는 비가悲歌—에서 시작되었다.

말은 어디에서도 팔지 않는다. 죽은 자들은 살 수 있는 것을 바라지 않는다. 누군가의 책에 쓰인 말을 요구하는 것이 아니다. '훌륭한' 말도, 눈부시게 아름다운 말도 바라지 않는다. 오로지 진정한, 마음속 깊은 데서 나온 말을 희구한다.

옛날 사람은 들판에서 꺾은 화초로 조그만 꽃다발을 만들어 바쳤다. 우리는 마음의 화원에서 말을 꺾어 말의 꽃다발을 엮을 수 있다. 또한 인생이라는 황야에서 주운 원석原石을 갈아, 말의 반지를 선물할 수도 있을 것이다.

소중한 사람에게는
상점 진열창에

장식되어 있는

눈부시게 아름다운 보석 같은

고백이 아니라

보기에는

특별할 게 전혀 없고

어디에나 있는

말의 원석을

바치는 게 좋다

그것을 평생을 다해

갈고닦아

간직한

조그마한 시詩의 조약돌로서

빛의 반지에 붙이는 게 좋다

마음을 담아 만든 요리가 그 어떤 고급 레스토랑의 요리
보다 깊고 뜨겁게 마음에 스며들듯, 손이나 머리가 아니라
마음에서 나온 말은 생사의 벽을 뚫는 힘이 있다.

사랑하는 이에게 진지하게 말을 보낸 사람은 상대가 보낸
말의 선물을 알아채는 것 아닐까. 그것은 알아차리지 못하는

곳에서 날마다 우리를 찾아오는 것 같기도 하다.

　말만이 산 자의 세계와 죽은 자의 세계를 잇고 있는 것처럼 느껴지기도 한다. 그렇지 않다면 사람은 오래전에 기도를 그만두었을 것이다.

　한국어판의 옮긴이, 편집자, 교정자, 디자이너에게 충심으로 감사의 말을 전한다. 이 책은 내가 충분히 알 수 없는 많은 사람의 힘을 빌려 한국 독자의 손에 닿을 것이다. 힘을 빌려준 모든 분들에게 감사의 마음을 전한다.

2018년 3월 12일

와카마쓰 에이스케

공기와 물, 음식물이 없으면 살아갈 수 없다. 그런데 말 역시 살아가는 데 불가결하다. 말은 글자 그대로의 의미로 마음의 양식이기 때문이다. 다시 말해 말은 우리 일상에 음식물 이상으로 크고 심각한 영향을 미친다. 먹지 않는 날은 있어도 말에서 벗어나는 일은 없다. 그런데도 사람은 그것을 잊기 일쑤다.

음식물을 섭취하지 않으면 육체는 충분히 기능하지 않는다. 그와 마찬가지로 마음은 늘 말을 바란다. 굶주리고 목말라 있는 경우도 있다. 신체가 지금까지 먹은 것으로 이루어졌듯 마음은 그때까지 접해온 말로 만들어진다. 마음을 들여다보면 된다. 무수한 말로 흘러넘치고 있음을 알게 될 것이다.

다만 여기서 말은 꼭 언어를 의미하는 것만은 아니다. 이 책에서는 그렇게 살아 있으며 꿈틀거리는 의미를 가진 말을 '말ㄱㅏㅅ'로 쓰기로 한다.

언어는 문자로 치환할 수 있다. 하지만 '말'은 다르다. '말'은 종종 문자가 되기를 거부한다. '말'에는 침묵도 포함된다. 말없이 갸웃하는 시선도 '말'이 될 수 있다.

책 몇 권을 쓰고 강좌 등을 통해 수천 문장을 읽어오며 확실히 깨달은 게 있다. 진지하게 쓰는 일과 마주하기만 하면, 누구든 자신이 정말 필요로 하는 말을 자신의 손으로 엮어내기 시작한다는 사실이다.

이렇게 말해도 당장 의문의 소리가 들려올 것 같다. 쓰기를 좋아하거나 쓰기에 자신 있는 사람은 그럴지도 모른다. 하지만 서툰 사람에게는 해당하지 않는 이야기가 아닐까.

지면이 없기 때문에 결론부터 말하자면, 쓰는 일에 감추어져 있는 이 힘은 직업이나 나이, 성별, 또는 경험의 유무라는 조건과는 전혀 관계없다. 오히려 문제는 그 사람의 열의와 진지한 마음이다.

딱 하나, 그런 말의 탄생을 방해하는 게 있다는 사실은 분명하다. 바로 멋진 문장을 쓰려는 것이다. 멋지다고 느끼는 문장은 항상 어디선가 본 적이 있는 듯하고, 다른 누군가가 쓴 것과 유사하다. 유려한 문장, 멋진 말은 겉보기에는 좋다. 하지만 그것은 그림의 떡 같아서 결코 먹을 수 없다. 멋지기만 한 문장은 쓰러진 자를 다시 일으켜 세우는 데 너무나도 무력하다.

사람들이 글을 짓는 모습을 보면, 뭔가를 만들어낸다기보다는 숨어 있는 것을 찾아낸다고 하는 게 어울릴 듯하다. 글을 쓴다는 것은 단순히 기능을 향상시키는 게 아니다. 오히려 무수한 말이 자기 안에 잠들어 있음을 확인하는 행위라고도 할 수 있다.

말은 다하는 일 없이 존재한다. 그러나 오늘 소중한 사람으로부터 꽃을 받은 사람에게 어제까지의 꽃과 오늘의 '꽃'은 전혀 다른 의미를 가진다. 소중한 말은 이렇게 생겨난다. 평범한 말이 소박한 경험에 의해 신생하는 것이다.

정말 필요한 말을 잃어버리는 일은 듣기 좋은 말만 찾는 경향 때문에 일어나는지도 모른다. 괴로울 때는 명언이나 격언 같은 걸 찾아도 그다지 도움이 되지 않는다. 위기에 빠졌을 때 우리에게 정말 필요한 말은 좀더 평범한 모습을 하고 있다.

여기서 평범함은 흔히 보는 말이라는 의미지만, 결코 진부함을 뜻하지는 않는다. 늘 써서 익숙하고 아주 친근한 말이라는 뜻일 뿐이다.

사람은 생애에 다양한 것을 남길 수 있다. 어떤 사람은 재산을, 어떤 사람은 사업을, 또 어떤 사람은 사상을 후세에 선물할지도 모른다. 그러나 누구나 남길 수 있는 것은 '말' 아닐까. 게다가 인간이 남길 수 있는 가장 고귀하고 아름다운 것은 '말'이 아닐까 하는 생각마저 든다.

소중한 사람이 있어도 돈이 없어 선물하려던 것을 못하기도 한다. 인생에는 그럴 때가 있다. 또 사정이 달라져서 금전이나 선물 고를 시간이 생겨 선물을 보낸다 해도 그 사람이 선물을 사용할 시간이 충분하지 않거나 이미 이 세상에 없는 경우도 있다.

그럴 때 사람은 말을, '말'을 보낼 수 있다. 그것은 선택지의 하나라기보다는 거의 유일한 길이 아닐까. 뭔가에 마음이 움직이듯 저쪽 세계에 '말'을 보내려 한다. 그런 행위는 흔히 기도라 불려왔다.

이런 관계는 살아 있는 사람 사이에서도 다르지 않다. 오히려 서로 사랑한다는 것은 생애를 걸고 둘이서 하나의 영원한 말, 유구한 '말'을 찾는 일 아닐까.

사랑하는 이에게는 말을 보내라

그 사람을 수호할

말의 부적을 보내라

썩지 않을 것을

바치고 싶다면

말을 보내라

소원을 담은 말이 아니라

사심 없는 기도로 일관된

말을 보내라

그 생애를 축복하는

말의 부적을 보내라

괴로운 일 때문에 일어서기 어려울 때도 우리는 하나의 말을 만나 다시 한번 살아보자고 생각하기도 한다. 달리 표현하자면 말은, 인생의 위기에 많은 시간과 노력을 들여 찾을 만한 충분한 가치와 의미가 있는 것이라고도 할 수 있다.

말은 마음의 굶주림을 채워주고 고통이 계속되는 상처를 치유하는 물이 된다. 말은 숨이 끊어질 것 같은 영혼에 생명을 주는, 꺼지지 않는 불꽃이 되기도 한다.

만성적인 피로로 힘들 때 복용하면 좋은 약초가 있다. 화학약품은 아니다. 전통적으로 사용되어온 약용 식물이다.

약초는 현대 의약품과 다르게 작용한다. 의약품의 경우, 어떻게 작용할지는 물질이 정한다. 그래서 효과도 좋지만 부작용도 있다. 하지만 약초는 어떻게 작용할지를 신체와 대화하며 찾는다. 약초는 우리 안에 있으며 작아진 생명의 불에 숨을 불어넣듯이 작용한다. 신체에 잠들어 있는 힘을 깨우는 것이다.

식물에는 부위가 있다. 잎, 줄기, 꽃, 열매를 쓰는 일도 있다. 같은 식물이라도 잎과 열매의 작용은 전혀 다르다. 그리고 잊어서는 안 되는 게 뿌리다. 피로 회복에 효과가 있는 식물은 뿌리 부분을 사용하는 일이 적지 않다.

뿌리를 채취하기 위해서는 대지를 파야 한다. 찾는 식물은 흙 속에 숨어 있다. 흙에 닿지 않고는 뿌리를 얻을 수 없다.

꽃이나 열매는 근처를 지나는 사람들에게 기쁨을 주는 일이 드물지 않지만, 뿌리라는 존재는 사람들에게 거의 잊혔다. 그 모습은 화려하지 않고 수수하다. 곤충들도 꽃의 꿀을 찾아 모여든다. 열매를 쪼아 먹는 새들에 의해 식물의 종자는 먼 곳으로 옮겨진다. 하지만 뿌리에는 그런 일이 일어나지 않는다. 흙 속에서 땅 윗부분을 지탱하고 있다.

생각해보면 당연한 일이지만, 뿌리에 닿는 일은 대지와 깊은 관계를 맺은 자에게만 허락된다. 대지로 다가가 손을 움직여보지 않으면 뿌리를 느낄 수 없다.

사람은, 뿌리가 필요한데 꽃을 모을 때가 있다. 열매를 얻으려고 기를 쓰는 일도 있다. 그런 식으로 살아서 지쳐가는 일도 흔한 것 같다. 그리고 꽃을 손에 넣은 사람을 부러워하고, 자기 손에 열매가 없는 현실에 낙담하고 실망하기도 한다.

뿌리에 닿고 싶으면 멀리 찾으러 가선 안 된다. 그 힘을 파는 데 쏟아야 한다. 우리를 깊이 치유해줄 식물은 인생의 숲, 그것도 땅속에 숨어 있다. 별로 눈에 띄지 않으니 그저 지나칠 뿐이다. 꽃이나 열매를 손에 든 채 대지를 팔 수는 없다.

그것을 일단 옆에 두고 파지 않으면 뿌리에 다가갈 수 없다.

꽃이나 열매는 때로 손닿지 않는 곳에 있다. 하지만 뿌리는 늘 우리 발밑에 있다.

> 너는 자신이 갑갑하다고 느낀다. 너는 탈출을 꿈꾼다. 하지만 신기루를 조심하는 게 좋다. 탈출할 거라면 뛰지 마라. 도망치지 마라. 차라리 네게 주어진 이 협소한 땅을 파라. 너는 거기서 신과 모든 걸 발견할 것이다. (…) 허영은 달린다. 사랑은 판다. 설사 네가 자기 밖으로 도망쳐도 네 감옥은 너를 따라 달릴 것이다. 그 감옥은 네가 달리는 바람 때문에 한층 좁아질 것이다. 하지만 만약 네가 자기 안에 머물며 너 자신을 파내려가면 네 감옥은 천국으로 빠져나갈 것이다.

이 구절을 쓴 귀스타브 티봉Gustave Thibon, 1903~2001은 프랑스 철학자로, 농부처럼 살고 생각했다 하여 농부 철학자로 불리기도 했다. 그의 이름을 몰라도 시몬 베유Simone Weil, 1909~1943의 『중력과 은총』을 엮은 사람이라고 하면 떠올리는 이가 있을지도 모르겠다.

이 말을 나는 열아홉 살 때 오치 야스오越知保夫, 1911~1961라는 비평가의 작품을 통해 알았다. 그 이후 이 구절은 도달

해야 할 목표가 아니라 돌아올 장소가 되었다. 뭔가를 찾아내려 할 때 우리는 거의 무의식적으로 발을 내디디려 한다. 그러나 그것은 찾아야 할 것으로부터 멀어지는 일일지도 모른다.

인생은 여행이라고 하는 사람이 있다. 확실히 그럴지도 모른다. 하지만 여기서 여행이 미지의 것과 만나는 사건을 의미한다면, 꼭 멀리 나갈 필요는 없다.

여행해야 할 장소는 우리의 마음속에도 펼쳐져 있다. 오히려 우리는 자기 마음에 무엇이 숨겨져 있는지 모르는 게 아닐까. 그 미지의 것의 전형은 내적 언어, 생명의 '말'이다.

타 느 돌

『고지키古事記』에도 등장하는 비취라는 보석이 있다. 신들이 몸에 지니는 곡옥曲玉•을 만드는 보옥으로 알려져 있다. 예전에 내 고향에서는 비취가 채취되었다. 정확히 말하자면 지금도 채취할 수 있다. 하지만 비취 골짜기라 불리는 장소의 출입을 관청이 관리하여, 마음대로 채취할 수는 없다.

고향에는 히메카와姬川라는 강이 있다. 이름과 실상은 정반대로, 물살이 무척 빠르고 자주 범람한다. '공주姬'라고 하

• 고대 장신구의 하나로, 끈에 꿰어 목에 거는 구부러진 옥돌.

면 얌전해지지 않을까 하는 바람에서 이 이름을 붙였다고 한다. 지금도 비가 많이 오면 강은 사나워진다.

그 상류에 비취 골짜기가 있다. 거대한 비취 원석도 있지만 조약돌만 한 것도 아주 많아서, 세찬 비가 내린 뒤에는 상류에서 바다로 흘러 내려오는 일이 있다. 지금도 큰비가 오고 며칠 뒤에 바닷가에 가면 비취가 발견되는 일이 적지 않다.

중학교에 다닐 때, 친구가 다 같이 바닷가로 비취를 주우러 가지 않겠느냐고 했다. 자기 아버지가 비취를 주울 수 있다고 했다는 것이다. 대여섯 명이 함께 갔을 것이다. 우리가 찾으려고 했던 것은 보석상이 취급하는 순도 높은 비취가 아니다. 그래도 말 그대로 보물찾기여서 마음이 설렜다.

바닷가에 이르자 친구 아버지는 우리에게 비취로 보이는 돌을 주워 오라고 했다. 비취는 색깔이 농담濃淡이 있고 한결같지 않지만, 옛날의 벽색碧色이라고 해야 할 아름다운 초록색을 띤다. 그런 색의 돌을 다 같이 찾았다.

해변은 해수욕장이기도 해서 여러 번 와본 곳이었다. 하지만 돌 하나하나를 주의 깊게 살핀 적은 없었다. 당연히 같은 돌은 존재하지 않는다. 그런 소박한 것에 놀랐다.

그러자 내가 상상하던 색을 포함한 초록색 돌이 차례로 여러 개나 보였다. 조금 떨어진 데서 줍고 있던 친구들도 제각기 "있다!", "찾았다!" 하며 떠들어댔다.

잠시 후 친구 아버지가 주운 돌을 들고 모이라고 했다. 다들 가져온 주머니에 작은 돌 여러 개를 넣었다. 친구의 아버지는 그것들을 하나하나 살펴보고 "아니야, 아니야" 하며 선별하기 시작했다.

시간은 별로 오래 걸리지 않았다. 비취 후보가 그렇게 많았는데 진짜는 하나도 없었다.

아이들이 모아 온 돌을 모두 살펴본 그는 호주머니에서 천천히 돌 하나를 꺼내 보여주었다. 색다를 게 하나도 없는 하얀 돌이었는데 이것이 비취다, 라고 했다. 지금 여기서 보여줄 수는 없지만 백색 층 안쪽에 비취가 있다는 것이다. 초록색 돌을 아무리 주워도 비취를 만나기란 거의 불가능에 가깝다. 있다 해도 비취가 아닌 경우가 대부분이라고 그는 말했다.

어떻게 판별하느냐고 물었더니 조그마한 푸른색 선으로 가려낸다고 한다. 자세히 보니 분명 조그맣긴 하지만 확인할 수 있었다. 말을 듣고 보니 알았지만, 걸으면서 그걸 찾아내기란 불가능하다고 생각했다. 그 이후 비취를 주우러 가지 않았다.

같이 가자고 했던 친구 이름도, 그 아버지의 얼굴도 기억나지 않지만 그때의 일은 지금도 이따금 떠오른다. 나는 내가 찾는 것의 이미지를 고정하면서 뭔가를 찾는 일이 적지 않기 때문이다. 다시 말해 나 자신이 정말 무엇을 필요로 하는지를 모르고 열심히 찾는 일도 있다.

돌이켜보면 그때 내가 바랐던 것도 물리적인 하나의 돌을 발견하는 일이 아니었다는 생각이 든다.

설령 그걸 찾는다 해도 금전적인 가치가 거의 없다는 사실은 알고 있었다. 하지만 무수히 많은 돌 중에서, 아무리 작다 해도 진짜 비취를 발견한다면 나의 인생에서도 뭔가 소중한 것을 발견할 수 있지 않을까, 했던 것이다.

캄파넬라는 깨끗한 모래 한 줌을 손바닥에 펼치고 손가락으로 뽀득뽀득 비비며 꿈처럼 말했습니다.

"이 모래는 모두 수정이야. 안에서 조그마한 불이 타오르고 있지."

—미야자와 겐지, 『은하철도의 밤』

이 구절을 읽을 때마다 여기서 '모래'는, 내 안에서는 거의 자동적으로 '말'로 변환된다.

하나하나의 말은 작고, 때로는 무력하게 비친다. 하지만 인간이 일단 그것을 믿고 사랑하면 말 안에 불이 깃든다. 사람의 마음에 있으며 사라지지 않는 생명의 불꽃과, 말에 숨어 있는 불이 반향反響하는 것이다. 그럴 때 말은 헤매고 괴로워하며 걷는 우리의 길을 비추는 등불이 된다. 말이 시련의 어둠을 빛의 길로 변모시키는 것이다.

인생의 스승은 흔히 시련을 동반하고 우리 앞에 나타난다. 오히려 그런 인생의 물음을 동반하고 모습을 드러내는 사람만이 스승이라 부르기에 적합할지도 모른다. 온몸을 걸고 맞설 것을 요구하는 그런 인생의 물음은 점차 살아가는 의미로 변해간다. 정신과 의사인 가미야 미에코神谷美惠子, 1914~1979는 그것을 '삶의 보람'이라고 했다.

대표작이라 해도 좋은 『삶의 보람에 대하여生きがいについて』 (1966)에서 그녀는 삶의 보람이야말로 사람이 살아가는 데 불가결한 것이고, "사람에게서 삶의 보람을 빼앗는 것만큼 잔혹한 일은 없고 사람에게 삶의 보람을 주는 것만큼 큰 사랑은 없다"고 썼다.

그리고 삶의 보람을 잃은 사람에게 그것을 다시 갖게 해준 사람을 그녀는 '하늘의 사자使者'라고까지 부른다.

삶의 보람을 잃은 사람에게 새로운 생존 목표를 가져다주는 사람은, 사정이 어찌됐든, 그가 누구든 하늘의 사자 같은 사람이다.

회사 다닐 때 정말 싫어한 상사가 있었다. 무슨 말을 해도 그는 무조건 부정했다. 당시의 나는 그렇게 느꼈다. 가장 불쾌했던 것은, 그가 내 발언을 거의 신용하지 않는다는 사실이 그의 태도에서 생생하게 느껴졌다는 점이다. 업신여기는 것도 불쾌하지만, 신뢰받지 못한다는 느낌은 정말 참기 힘들다.

당시 나는 회사에서 프로젝트를 맡았다가 실패한 직후였다. 막 서른 살을 넘겼을 무렵, 나는 주위 사람들이 부러워할 만큼 출세하여 자회사의 사장이 되었다. 하지만 1년 반 뒤 전적으로 나의 역량 부족 탓에 회사는 완전히 궁지에 몰리고 말았다.

본사 덕분에 표면상 도산하는 사태에까지는 이르지 않았지만, 현실적으로 새로운 회사는 일어서기도 전에 무너지고 말았다. 본사의 임원이기도 했던 그 상사는 내가 실패한 회사를 정리하기 위해 부임해 온 것이었다.

하지만 원인은 모두 내게 있었다. 모르는 것을 모른다고 말할 수 없어서, 나는 모든 문제를 끌어안고 내 손에서 흘러넘치는 것을 남에게 맡겨 처리하는 식의 악순환 속에 빠져 있었다. 그럴 때는 남의 충고도 귀에 들어오지 않는다. 함께 일하는 사람이 깊이 생각해서 해준 제언조차 나에 대한 비판으로 느껴졌다.

그로부터 1년 반쯤 지나 나는 회사를 그만두었다. 사직서를 낸 것은 그 상사가 부임하고 2개월쯤 지난 무렵이었는데 수리되지 않았다. 그만두려면 뒤처리를 확실히 하고 나서 그만두라는 것이었다.

사표를 내고 난 뒤로 상사의 태도는 더욱 혹독해졌다. 회사에 나가기가 싫어서 눈물을 흘리는 일도 있었다. 그런 나날이 1년쯤 이어졌다.

당시 상사가 늘 했던 말은 진심으로 하라는 것이었다. 대충 눈어림으로 할 수 없다고 판단할 게 아니라, 일단 착수하여 해야 할 일과 똑바로 마주하라고 몇 번이나 말했다.

돌이켜보면 그 무렵의 나는 나의 태도를 숨기기 위해 뭔가를 하기 전부터 이것저것 할 수 없는 이유를 들었다. 나의 정당성을 주장하는 데 필사적인 나를, 상사는 어떻게든 다시 한번 일할 수 있는 사람으로 만들려 했던 것이다. 하지만 당시에는 그런 줄도 몰랐다. 나를 부정하여 그만두게 하려는 것이라고만 생각했다.

하지만 상대가 진심으로 대하고 나오면 이쪽의 태도도 변한다. 여전히 거북하긴 했지만, 그에게 세상에서 흔히 말하는 악의가 없다는 것은 점차 알게 되었다. 상사의 말이 통절하게 느껴진 것은, 그 사람 말고는 그런 본질적인 비판을 하는 사람이 주위에 없었기 때문이지, 그가 부당한 말을 했기 때문이 아니었다. 당시 내 행동에 의심을 품었던 사람은 적지 않았을 것이다. 하지만 그런 말을 꺼낸 사람은 거의 전무했다. 실제로 회사를 그만둘 무렵이 되자 상황은 완전히 달라져 있었다. 그때는 이미 나를 보는 그의 눈도 변해 있었다. 정신을 차리고 보니 평범하게 일 이야기를 할 수 있게 되어 있었다.

모순된 것처럼 들릴지도 모르지만, 그만두지 않아도 된다고 생각했을 때가 '그만둘 때'로 여겨지기도 한다.

퇴사하고 2년쯤 지난 어느 날, 사무실에서 일을 하고 있을 때였다. 벼락을 맞는다는 말이 전혀 비유가 아닌 것 같다는, 거의 계시에 가까운 생각이 온몸을 가로질렀다. 야단칠 때는 칭찬할 때보다 훨씬 더한 열정과 애정이 필요하다는 게, 뭔가 감춰진 진실이 드러나듯 이해되었던 것이다.

진심으로 야단치려면 상대를 자세히 봐야 한다. 그 사람의 행동을 그 사람 자신보다 주의 깊게 봐야 한다. 사람은 싫어하는 걸 계속 보지는 않는다. 거기에 시간을 할애하지도 않는다.

일을 할 때의 애정은 우선 그 사람과의 대화에 시간을 할애하는 데서 시작된다. 가장 냉담한 것은, 그 사람에게 큰 문제가 다가오는 걸 알면서도 말해주지 않는 일일 것이다. 그러면 그 사람은 잠시 후 크고 깊은 구덩이로 떨어진다.

그런 소박한 사실을 깨닫고 보니, 상사가 내게 쏟은 것은 분노가 아니라 아주 깊은 관심이었음을 금방 알 수 있었다.

곧바로 전 상사에게 전화를 걸어 만나줄 수 없겠느냐고 간청했다. 상대도 내가 어떻게 지내는지 궁금해 하던 참이라 마침 잘됐다고 해서 얼마 뒤 같이 저녁을 먹게 되었다.

먼저 지금까지의 무례를 사과하고, 그때 내게 왜 그랬는지 그 의미를 지금에야 확실히 깨달았다며 고개를 숙이고 용서를 빌었다.

"무슨 이유인지 모르겠지만 이상한 말을 하는군, 자네" 하고 그는 말했지만 그의 얼굴에 떠오른 것은 지금까지 본 적 없는 미소였다.

그 이듬해의 일이다. 난데없이 그에게서 전화가 왔다. 한번 만나서 이야기 좀 하고 싶다는 것이었다. 그는 이제 막 정년퇴직한 참이었다.

며칠 뒤 어느 호텔 로비에서 만났을 때 그는 바쁠 텐데 불러내서 미안하다고 한 뒤 "실은 암에 걸렸네. 그것도 아주 심각한 모양이야. 의사가 그렇게 말하더군. 어쩔 수 없지" 하고 그때와 마찬가지로 미소를 지으며 말했다.

자신은 이제 오래 살 수 없다, 하지만 되도록 잘 살고 싶다, 그럴 수 있도록 힘을 좀 빌려주지 않겠나, 하는 것이었다.

그 무렵 나는 약초를 취급하는 지금의 회사를 시작해서 그와 같은 상태에 있는 사람을 만나는 일이 있었고 의사와도 관계가 있었다. 그가 바라는 것 몇 가지는 도울 수 있었지만 증상을 억제할 수는 없었다.

얼마 뒤 그는 가나가와현의 조용한 산속에 있는 호스피스로 들어갔다. 편리하다고 할 수 있는 곳은 아니었지만 여러 번 찾아갔다. 사망하기 전전날에도 찾아가 만났다. 가족 이외에 만난 마지막 사람이었을 것이다. 호스피스를 뒤로할 때면 그는 늘 현관까지 나와서 고맙네, 하며 미소 띤 얼굴로 배웅해주었다.

마지막으로 면회했을 때 그는 "미안하네. 현관까지 나가고 싶지만 이제 걸을 힘도 남아 있지 않으니 그냥 여기서 실례하겠네"라고 한 뒤 쥐어짜듯이 이렇게 말했다.

"와카마쓰, 자네는 멋진 일을 하고 있네. 정말 그렇게 생각해. 좋은 동료를 만난 모양이야. 회사를 키우지 말게. 오래 일하고. 고맙네. 정말 좋은 일이야."

그때 그는 이미 아무것도 먹을 수 없는 상태여서 몸도 여위고 겨우 일어설 정도의 체력밖에 남아 있지 않았다. 그렇게 서 있던 모습은 지금도 또렷이 떠오른다. 거기에 있었던 것은 지금까지 내가 본 가장 아름다운 인간의 모습이었다.

지금도 일을 할 때면 이따금 들리지 않는 그의 '목소리'를 마음으로 듣는 일이 있다. 오히려 그가 죽고 나서는 그의 도움마저 느낀다.

아무도 보고 있지 않는 곳에서도 그는 보고 있다. 지금도 여전히 그는 일의 스승이다. 그래서 어떤 일을 할 때든 그에게서 '좋은 일이야'라는 말을 들을 수 있는 자세여야 한다는 불문율이 직업인으로서의 나를 지탱해주고 있다.

또한 새삼스러운 말 같지만 그가 하늘의 사자였다는 것도 깨닫는다. 바로 그 순간 "자네, 또 이상한 말을 하는군" 하고 그가 미소 짓는 모습이 떠오른다.

일
의

의
미

　회사를 세우려고 결심했을 때 법인 설립 방법에서부터 경영자 성공담에 이르기까지 수많은 비즈니스 관련 서적을 읽었다. 인생에서 책을 그렇게 열심히 읽은 적은 그리 많지 않다.

　하지만 그로부터 10여 년이 흐르고 보니 그때 읽었던 것이 거의 도움이 되지 않았다는 사실에 놀라게 된다. 열심히 읽는 것과 그것이 피가 되고 살이 되는 것은 거의 관계가 없는 듯하다. 또한 열심히 읽는 것이 정말 그때 필요한 일이었는지도 의심스럽다.

　아무것도 남지 않았다는 것도 당연한지 모른다. 누군가처럼 성공하고 싶다, 그런 공상 속에 있을 때 사람은 무의식중에 자신의 결점이나 문제점에 눈을 감는다. 그 무렵에는 선행자로부터 뭔가를 배우려고 했던 게 아니라, 다른 사람의 성공담을 읽음으로써 자신과의 대면을 피하고 있었다. 지금 생각하면 어리석은 일이었지만 나답게 있고 싶어서 그 방법을 다른 누군가에게 배우려고 했던 것이다. 자신에게 눈을 감고 자신답고자 한다. 이렇게 써놓고 보니 얼마나 어리석은 일인지 확실해지지만, 나의 경우 그런 일이 어느 한 시기에 분명히 있었다.

그렇다고 오랜 기간 그런 나날을 보낸 것은 아니다. 어느 날 읽기를 그만두었다. 갑작스럽게 흥미가 사라진 것이다. 한 권 한 권의 책이 말하는 사항은 다르지만 그 색조는 같다는 것을 깨달았다. 노래로 말하자면 가사는 다른데 모조리 곡조가 비슷한 것이다.

또한 거짓말이 쓰여 있지는 않지만, 말하지 않는 형태의 거짓이 있다는 생각도 들었다.

많은 성공담의 필자는 성공의 요인이 자신에게 있다고 믿어 의심치 않는다. 하지만 아무리 우수한 경영자라도 혼자 회사를 움직일 수 없음은 당연하다. 오히려 일이란 혼자서는 할 수 없는 것을 타자와 함께 실현하려는 행위다. 그러므로 자기 혼자서 일하고 있다고 믿는 사람은, 이윤을 올릴 수는 있어도 일을 한 것은 아니라고 할 수 있다.

성공했다고 자임하는 이의 말을 들으면, 보이지 않는 데서 자신을 떠받쳐준 인물의 존재를 충분히 인식하지 못한 것으로 보였다. 그리고 성공을 자임하는 사람들은 늘 회사의 규모와 판매고를 자랑하는 등 양적인 실적만 큰 소리로 말하고, 질적인 실감實感에는 거의 관심을 보이지 않았다. 또한 일을 빨리 해내는 게 좋다고 믿는 것도, 이상할 정도로 모두 비슷했다. 그리고 성공을 말하는 사람들이 '성공'이란 무엇인가를 다시 생각해보는 당연한 과정을 거치지 않는다는 명백한 사실에 좀더 큰 위화감이 들었다.

영어로는 성공을 '석세스success'라고 한다. 동사 '성공하다'는 '석시드succeed'다. 이 말은 뭔가를 이루어낸다는 것뿐만 아니라 어떤 내용이 지속적으로 존재하는 모습을 의미한다. 말에는 오랜 세월에 걸쳐 배양된 민중의 예지가 살아 있다. 성공이란 결과가 아니라 소중한 뭔가를 계속적으로 이루어내는 상태를 가리킨다는 뜻일 것이다.

언제부턴가 '성공'은 많은 금전을 손에 넣는 일이 되었다. 현대인은 일과 금전을 너무 깊게 관련짓고 있는지도 모른다. 회사를 설립하고 나서 짧지 않은 기간 동안 나도 그 어둠에서 빠져나올 수 없었다.

어떻게 금전을 손에 넣을까만 생각하면, 오래 일하고 싶다는 진지하고 소박한 바람을 잊기 십상이다.

돈이 직접적으로 끼어들지 않는 일은 얼마든지 있다. 자원봉사나 비영리 단체의 활동도 그렇지만, 그런 것뿐만이 아니다. 일仕事이란 글자 그대로 '일事'을 섬기는仕 것이므로, 피하기 어려운 인생의 뭔가에 직면하여 그것을 견디며 끝까지 살아내려는 자들은 모두 움직이고 '일'을 한다. 예컨대 병에 걸렸을 때 그 시련을 견디며 사는 것이 사람에게는 아주 자랑스러운 일이 된다.

아무리 규모가 큰 일을 해냈다 해도 계속 일할 수 있음에 대한 경의敬意가 생겨나지 않았다면, 그 사람이 일을 통해 느낄 수 있었던 인생의 의미는 그다지 풍부하지 않을지도 모른다.

철학자 시몬 베유는 일한다는 것은 자신을 '다시 만드는 일'이라고 썼다. 일의 본질은 고역이 아니다. 오히려 사람은 어떤 형태로든 '일함'으로써 나날이 자신을 구축해간다고 그녀는 말한다.

인간의 위대함은 항상 자신의 삶을 재창조한다는 점이다. 자신에게 주어진 것을 다시 만드는 일이다. 자신이 어쩔 수 없이 받아들인 것도 다시 벼리는 일이다. 노동을 통해 인간은 자신의 자연적인 삶을 만들어낸다.

　노동에는 결코 노동력으로 환산할 수 없는 뭔가가 있다. 일의 본질은 고차적인 의미에서 자신을 '다시 버리고' 세계를 '다시 만드는' 것이다.

　세계는 눈에 보이는 것만으로 이루어져 있지 않다. 노동은 육안에 비치는 뭔가를 만들어내기도 하지만, 동시에 우리 한 사람 한 사람이 내적 세계에 갖고 있는 영혼의 성城을 쌓아 올리는 일과도 관련되어 있다. 그 장소를 우리는 아주 자유롭게 만들어낼 수 있다. 영혼의 성을 느낌으로써 우리는 자신에게 자연스러운, 또는 자유로운 삶의 모습을 확인할 수 있다.

　같은 책에서 시몬 베유는 사람은 일함으로써 과학과 예술과도 깊이 만난다고 했다. 일한다는 것은 과학이 행하는 이성적인 세계의 탐구이며, 예술에서 행해지듯 감정을 키우고 신체와 영혼을 꼭 붙잡아 매는 행위라고 그녀는 생각했다. 사람은 일을 함으로써 미美와 깊이 결부된다. 일하는 자의 모습에는 아름답게 느껴지는 뭔가가 있다. 그것은 공장에서 노동하는 가운데 그녀가 찾아낸 확신이기도 했다.

　사람은 이 세상의 삶이 끝날 때까지 '일할' 수 있다. 오히려 일하지 않을 수가 없다. 그것은 피하기 힘든 숙명이기도

하지만, 우리의 사라지지 않는 존엄의 증거이기도 하다. 사람은 아무것도 생산하는 일이 없어도 '일하고' 있다.

그렇지 않다면, 최후의 말조차 할 수 없게 된 사람의 모습에서 받는, 그 힘찬 삶의 바통이 지닌 의미를 어떻게 설명할 수 있겠는가.

미
지
의
덕

좋은 일을 하기 위해서는 자신의 능력을 키우는 것만으로
는 부족하다. 자신을 치하하고 위로하는 일을 잊어선 안 된
다. 그것이 노동이라는 말이 지닌 진정한 의미일 것이다. '(노
고를) 치하하고 위로하다'라는 말은 '勞う'라고 쓰고 '네기라
우'라고 읽으며, '勞わる'라고 쓰고 '이타와루'라고 읽는다.

일은 항상 자신과 타자 사이에서 생겨난다. 일한다는 것
은 타자와 함께 살아가는 일이다. 치하와 위로는 자신만이
아니라 타자에게도 해야 한다는 것을 '노동'이라는 말이 가
르쳐준다.

이렇게 생각하면 당연한 것처럼 여겨지기도 하지만, 일의

규모가 아니라 질을 중시하는 사람은 같은 것을 중시하는 동료 가까이에 있다. 오로지 규모를 추구하는 사람의 목적은 양적인 성과지만, 일의 질을 사랑하는 사람은 과정을 중시한다. 이 차이가 무엇을 의미하는지, '일'을 '인생'으로 바꿔보면 일목요연할 것이다.

일한다는 것이 무엇인지를 생각한다면 서점에 흘러넘치는 새로운 책만이 아니라 오래된 책, 특히 철학서나 사상서를 읽는 게 좋다고 생각한다. 현대인은 어떻게 일할지, 다시 말해 어떻게 효율적으로 일할지만 생각하며 일한다는 게 무엇인지는 생각하지 않았는지도 모른다.

그러나 철학이 나아가는 길은 반대다. 철학자들은 어떻게 일하는가가 아니라 일한다는 것이 무엇인지를 생각한다. 우치무라 간조內村鑑三, 1861~1930의 『대표적 일본인』•도 그런 좋은 저작 가운데 하나다.

우치무라 간조는 시대도 직업도 태생도 다른 다섯 인물의 생애를 그려내고, 각 인물의 생애에 감추어진 의미를 해명하려 한다. 우치무라는 이 책을 영어로 써서 일본인이 아니라 널리 세계에 알리려 했다.

• 우치무라 간조의 영어 저작이며 원전은 *Japan and the Japanese*(1894)/*Representative Men of Japan*(1908, 개정판)이다. (鈴木範久 譯, 「代表的日本人」, 岩波文庫, 1995.)

맨 처음에 등장하는 사람은 사이고 다카모리西鄕隆盛, 1828~1877인데, 여기서 우치무라는 무사無私란 무엇인가를 묻는다. 마지막은 니치렌日蓮, 1222~1282으로, 그의 생애를 보며 사명이란 무엇인가를 논했다. 그 사이의 한 사람, 요네자와번米澤藩의 번주藩主이자 빈곤에 휩쓸린 그 번의 체제를 근본적으로 개혁한 우에스기 요잔上杉鷹山, 1751~1822을 다루며 그는 다음과 같은 말을 적었다.

모든 사람들 중에서 요잔만큼 결점도 약점도 열거하기 힘든 인물은 없습니다. 요잔 자신이 어느 요잔전鷹山傳의 작자 이상으로 자신의 결점과 약점을 알고 있었기 때문입니다. 요잔은 말 그대로 한 사람의 인간이었습니다. 약한 인간이었기 때문에 번주라는 지위에 오를 때 신에게 서사誓詞를 바쳤습니다.

개혁에 종사하려 할 때 요잔은 우선 자신의 결점을 씻어냈을 뿐 아니라 그것을 신들 앞에 맹세의 말로 남겼다.

결점을 신들 앞에 바친다는 것이 기묘하게 느껴질지도 모른다. 하지만 그렇게 함으로써 요잔은 자신의 단점을 깊이 자각하고, 그것을 보완해줄 타자의 존재에 경의를 표하는 일을 잊지 않으려 했던 것이다.

단점을 자각한 인간의 마음에는 저절로 경건한 심정이 생겨난다. 요잔은 그것을 신들에게 바치기를 바랐다. 뭔가를 할 수 있다는 오만한 마음이 아니라 무력하다는 자각을 공물로 삼았던 것이다.

여기서 '신들'이란 천계에 있는 눈으로 볼 수 없는 거주자들만을 가리키지 않는다. 유형, 무형으로 자신을 떠받쳐주는, 번에 있는 시정 사람들이기도 할 것이다.

일을 하며 확실히 느낄 수 있는 것은, 신뢰할 수 있는 인물이란 성공을 자랑하는 사람이기보다는 요잔처럼 좌절을 거쳐 천천히 걸으려고 한 사람이라는 사실이다. 그런 사람들은 인간이 뭔가를 자랑할 때의 어리석음과 동시에 진정한 의미에서 일어선다는 것의 의미를 알고 있다. 일어선 경험이 있는 사람은 일단 넘어져본 적이 있는 사람이기 때문이다.

요잔의 개혁으로 "번 전체를 동원해도 다섯 냥의 돈을 마련할 수 없었던" 재정도 "한마디로 1만 냥이나 모을 수 있게" 되고, 민중의 생활도 크게 나아졌다. 요잔에게 부富는 "항상 덕의 결과이고 양자(덕과 부)는 나무와 열매의 상호 관계와 마찬가지"로 느껴졌다고 우치무라는 썼다. 일이란 내적인 '덕'을 자각시키는 것이라는 뜻이리라. 다른 말로 하면, 내적인 '덕'을 느끼지 못하면 아무리 큰일을 해도 덧없다고 그는 생각했다.

여기서 '덕'은 진실한 것을 희구하고 그것에 닿으려는 속마음의 작용이다. 다시 말해 자기 안에 존재하는 것을 느끼며 아직 확실히는 닿을 수 없었던, 사는 것의 비의秘義, 즉 삶의 감추어진 의미라고도 할 수 있다.

유교에서는 인仁, 의義, 예禮, 지智, 신信, 이 다섯 가지 '덕'을 말한다.

'인'은 타자를 배려하는 마음, '의'는 올바로 행동하는 것, '예'는 큰 것에 대한 경건한 마음이고 타자에 대한 예절이다. '지'는 세상의 이치를 깨닫고 예지를 깃들게 하는 것, '신'은 신뢰받을 만한 인간이라는 것을 가리킨다.

이것들을 몸으로 충분히 익히기는 아주 어렵다. 하지만 어렵다는 것을 알면 되지 않을까. 어렵다고 느끼는 것은 실제로 그것을 시도했을 때라는 사실을, 인생을 진지하게 산 사람이라면 누구나 알고 있다.

오해를 무릅쓰고 말하자면 우리는 '문제'와 대면하기 위해 일하는지도 모른다. 여기서의 '문제'란 반드시 일에서 발생하는 말썽을 의미하지는 않는다. 그것은 일상에서 이따금 솟아나는 인생의 물음이다.

어떤 시기까지 인생은 묻기만 하는 엄격한 교사처럼 여겨졌다. 하지만 지금은 좀 다르다. 모른다고 솔직히 생각하기만 하면, 인생은 희미한 빛으로 길을 비춰주는 것 같기도 하다.

그리고 빛은 소리 없는 소리로 이렇게 말을 건다. 너무 빨리 걸어서는 안 된다. 중요한 것을 놓친다. 네가 실패라 부르는 사건 속에 인생의 호소가 들어 있음을 듣지 못한다.

일하다보면 힘들다고 느낄 때가 여러 차례 있다. 하지만 돌아보면 그런 고통스러운 경험이 뭔가 새로운 것으로 이끌어주는 일이 드물지 않았다. 그런 시련을 겪을 때 우리는 뜻밖에 미지의 덕德을 접하고 있는 것 아닐까.

쓸 수 없는 날들

어디를 찾아봐도 마음의 어둠을 비추는 말이 보이지 않는다. 그렇게 느껴진다면 더는 밖에서 말을 찾지 말고 스스로 말을 만들면 된다. 뭘 어떻게 쓸지 생각하지 말고, 그냥 펜을 들고 종이 앞에 앉는다. 또는 키보드를 끌어당기고 새하얀 화면을 마주한다. 사람은 단지 생각을 쓰는 게 아니라, 오히려 써보고 나서야 비로소 자신이 무엇을 생각하는지 안다.

뭔가를 글로 쓰고 싶다는 충동은 누구에게나 일어난다. 하지만 좀처럼 생각대로 되지 않는다. 초조해 하고 고민하고 괴로워한다. 역시 쓸 수 없다. 그러다가 써야 할 게 없었다고 생각하고 펜을 놓는다. 일반론이 아니다. 내 경험이다. 대학을 졸업하고 나서 15년 넘게 그런 나날을 보냈다.

하지만 잘 생각해보면 알 수 있는데, 써야 할 것이 없으면 사람은 쓸 수 없으니 분해 할 일도 아니다. 그러므로 쓸 수 없다고 느낄 수 있었던 순간이 쓰는 일이 시작된다는 신호다.

생각처럼 쓸 수 없는 것은 말을 다루는 데 익숙하지 않아서 그럴 뿐인지도 모른다. 그렇다면 문제는 그리 심각하지 않다. 새로운 신발에 발을 길들이듯이 약간의 시간을 들여 자신과 말의 생활을 다시 만들어나가면 된다.

그러나 만약 내적인 생각이 말로 표현할 수 있는 것의 범위를 넘어선다면 전혀 다르게 대응할 필요가 있다.

사람은 흔히 말로 쉽게 표현할 수 없는 것을 쓰고 싶다고 생각하기도 한다. 오히려 그런 생각으로 마음이 가득 찼을 때 쓰고 싶다고 느낀다. 쓴다는 행위가 실제로 일어날 때, 그것은 원래 불가능한 사건에 대한 무모하다고 할 만한 도전일지도 모른다.

근대 유럽을 대표하는 시인 중의 한 사람, 라이너 마리아 릴케Rainer Maria Rilke, 1875~1926는 우리가 절실하게 희구하는 뭔가는 애초에 말의 세계 깊숙한 곳, 말이 쉽게 닿지 않는 장소에서 일어난다고 생각했다. 그것을 둘러싸고 그는 앞으로 본격적으로 시를 쓰고 싶다는 젊은이에게 보낸 편지에서 다음과 같이 말했다.

　　모든 사물은 그렇게 쉽게 포착할 수도, 말할 수도 없습
니다. 세상 사람들은 걸핏하면 그렇게 믿게 하고 싶어 하
지만요. 대부분의 사건은 입 밖에 내서 말할 수 없는 것입
니다. 말이 전혀 발을 들인 적이 없는 영역에서 이루어집
니다. 게다가 예술작품만큼 이루 말할 수 없는 것은 없습
니다. 그것은 비밀로 가득 찬 존재이고, 그 생명은 지나가
는 우리의 생명 옆에 있으며, 영속하는 것입니다.

　　　　　　　　　　　　　　　—『젊은 시인에게 보내는 편지』

릴케가 말하듯이 우리가 희구하는 '비밀로 가득 찬 존재'
가 원래 자신의 생명에 바싹 달라붙어 있다면, 자기 이외의
장소에서 그것을 찾으려 해도 당연히 발견되지 않는다. 미의
원천은 확실히 존재한다. 그러나 그것을 찾는 일은 땅에 묻
힌 수맥을 찾아내는 행위와 비슷해서 그리 간단히 되지 않는
다. 다만 수맥은 우리의 발밑에 있다.

　　그런데 다른 관점에서 보면, 쓸 수 없다는 실감은 쉽게 말
이 되지 않는 풍요로운 뭔가를 발견하는 징조라고도 할 수
있다. 그러므로 쓸 수 없는 현실과 정면으로 마주하는 것이
야말로 새롭게 '쓰는' 일의 시작이다.

뛰어나다고 느껴지는 글은 분명히 있다. 하지만 그것을 좀 더 미세하게 다시 느껴보면, 거기에는 '뛰어나다'고만 말하고 끝내버릴 수 없는 뭔가가 있음을 깨닫게 된다. 다른 데서 볼 수 없는 둘도 없는 것일지도 모르고, 그윽하고 우아한 것일지도 모른다. 그런 말을 엮어낼 수 있는 사람은 한정되어 있긴 하지만 존재한다. 우리가 쓰는 것 역시 '뛰어난' 글이어야 할 이유는 어디에도 없다. 미美는 무수한 얼굴을 갖고 있다.

민예民藝라는 말이 있다. '민중적 공예'의 약어로, 종교철학자 야나기 무네요시柳宗悦, 1889~1961가 동료들과 1925년에 만들어낸 새로운 말이다. 민예는 원래 '조잡한 것下手物, 게테모노'라 불렸다. '고급품上手物'은 세상에서 예술가로 여겨지는 사람의 작품이고, '조잡한 것'은 무명의 도공들이 만든, 일상생활에서 쓰는 잡기雜器를 가리킨다. '조잡한 것'에 바로 진정한 미가 깃들어 있다고 야나기 무네요시는 말했다. '고급품'은 만들어진 미지만, '조잡한 것'은 저절로 생겨난 미라고도 했다.

야나기 무네요시는 일상을 가만히 떠받쳐주는 그릇 등의 일용품에 바로 근대인이 간과한 미가 숨어 있다는 사실을 발견했다. 말에 대해서도 이와 똑같이 말할 수 있다.

화려한 문장이나 유려한 문장을 쓰지 않아도 된다. 그것은 남을 놀라게 하지만 우리의 일상에는 다가오지 않는다. 언뜻 눈부시지만 생활의 장場을 숨 막히게 하기도 한다. 우리가 무슨 일이 있어도 찾아내야 하는 것은, 자신의 마음이 뒷받침 된 낡았지만 진정한 말이다.

사랑하는 사람에게 편지를 쓴다. 하지만 아무래도 생각을 제대로 쓸 수 없을 것 같다. 그렇다면 '쓸 수 없다'고 써본다. 어떻게 쓸 수 없는지를 써본다. 생각이 진실이라면, 한 글자 도 쓰지 못하고 마는 일은 없을 것이다. 그럴 때 사람은 자신 이 상대를 생각하는 마음이 아니라, 그 사람의 행복을 바라 는 말을 쓰기 시작할지도 모른다.

사람이 뭔가를 말하고 싶다고 간절히 바라는 것은, 전하고 싶은 것이 있어서가 아니라, 다 전할 수 없는 뭔가가 있기 때 문 아닐까. 간단히 쓸 수 없는 것은 당연하다. 오히려, 쓸 수 없음을 직면하지 않고 쓰인 말이 어떻게 타자의 마음속 깊은 곳에 호소할 수 있겠는가.

말이 되지 않는 것으로 가슴이 채워졌을 때 사람과 말의 관계가 가장 깊어진다. 문자가 있는 그 깊숙한 곳에는 말이 되지 않는 신음이 있다. 그렇게 생각하며 누군가의 글을 읽 어본다. 쓰이지 않았을 것이 마음에 또렷이 떠올라 놀랄 것 이다. 기묘하게 들릴지도 모르지만, 말이란 영원히 말이 될 수 없는 뭔가가 나타나는 일이다.

어떤 책을 읽는가도 중요하지만, 그보다 우선 읽는다는 것
이란 무엇인가를 생각하는 일이 훨씬 더 중요하지 않을까.

어떻게 읽을까 하는 문제도, 읽는 것이란 무엇인가를 실감
하는 일에 비하면 2차적인 사항에 지나지 않는다.

현대인인 우리는 무엇을, 또는 어떻게, 라는 것만 생각하
며, 읽는다는 행위를 얼마나 실감할 수 있는지는 거의 돌아
보지 않게 되었다.

많은 책을 읽는 사람이 꼭 잘 읽는다고는 말할 수 없다. 어
떤 책의 개략을 이해하는 것이 책과 깊이 만나는 일이라고도
말할 수 없다.

이는 '읽다'를 '살다' 또는 '사랑하다'로, '책'을 '인생'으로 바꿔보면 한층 잘 알 수 있을 것이다.

세상에는 무수한 사람이 있듯이 무수한 책이 있다. 그것들 모두와 서로 알게 될 수도, 모든 것을 읽을 수도 없다. 애초에 그런 일은 필요하지 않다. 많은 사람과 교제하면서도, 사랑한 다는 게 어떤 행위인지 진지하게 생각해본 적이 없는 사람이 어떻게 사람을 소중히 여길 수 있겠는가.

누구나 사람을 좋아하게 될 수 있다. 좋아진 사람을 쫓아 다닐 수도 있다. 하지만 그 사람을 사랑하기는 쉽지 않다. 혼 자서도 좋아하게 될 수 있지만, 사랑한다는 행위에는 일방적 인 감정만으로는 다 메울 수 없는 장소가 있다.

책과의 관계도 마찬가지다. 애독이라는 말이 있다. 책을 사랑한다는 것은 자신의 사정에 맞게 책을 이용하는 것이 아 니다. 쓰인 것 모두를 알지는 못하지만 오랫동안 어울린다. 그런 관계가 생겨나는 곳에 행복이 깃드는 것도 인간과 인간 의 관계와 닮았다.

읽는다는 게 무엇인지 생각해보는 일은 확실히 성가시다. 그런 일은 그만두고 아무튼 책을 읽기만 하면 된다는 의견도 있을 것이다. 하지만 귀찮다고 여기는 곳에 인생의 대사大事 를 결정하는 게 숨어 있는 것도 사실이다.

읽는다는 것이란 책이라는 밭에서 말을 따 먹는 일이다.

비유가 아니다. 그러므로 같은 책을 읽어도 거기서 얻는 것은 당연히 달라진다. 같은 음식물을 먹어도 거기서 똑같은 영양분을 흡수하는 게 아니다. 또한 되풀이해서 읽는 일은, 책이라는 밭에 몇 번이고 괭이질을 하여 경작하는 일과 닮았다.

어떤 세계에나 권위자는 있다. 그런 인물의 정설定說에 따라 책을 읽는다. 그러면 확실히 잘못되는 일은 없다. 하지만 권위란 학문 세계에서의 입장일 뿐, 그 설이 우리 인생의 현장에서도 반드시 유효하다고는 말할 수 없다.

학술서는 올바르게 읽는 것이 좋을지도 모른다. 하지만 "생명의 책은 마땅히 이래야 하는 것은 아니다. 읽는 사람의 힘으로 마음대로 읽혀야 한다"고 불교철학자 스즈키 다이세쓰鈴木大拙, 1870~1966가 썼다. 중요한 것은 '올바르게' 읽으려고 노력하는 것이 아니다. 살아 있는 사람으로서 말과 마주하는 일이다.

생명 있는 책만이 후세 사람을 위해 한없는 생명의 원천을 공급하고, 그들 각자로 하여금 그 힘에 따라 이해하게 한다.

—「수필 선禪」, 『스즈키 다이세쓰 전집』 제19권

살아 있는 책은 읽는 사람의 생명에 불을 붙이고, 각각의 인간에 따라 필요한 것을 아낌없이 준다는 것이다. 책은 움직이지 않는다. 그러나 살아 있다. 그것이 다이세쓰의 확신이었다.

그러면 말을 '먹는다'는 것도 단순한 비유에 그치지 않는다. 하지만 아직 문제는 계속된다. 이렇게 써도 현대인은 먹는 것에 너무 익숙해서, 먹는다는 것이란 무엇인가를 생각하는 일을 잊고, 무엇을 먹을지만 생각하기 때문이다.

음식물이 위장에 들어가기만 하고 소화되지 않으면, 그건 진정한 의미에서 먹은 게 아니다. 음식물이 씹혀서 소화되고 그것이 영양소가 되어 온몸으로 널리 퍼지지 않으면 우리 심신의 배양으로도 이어지지 않는다. 게다가 말은 소화되는 데 수십 년이 걸리는 경우도 있다.

말을 음미한다는 일상적인 표현도 말과 먹는 일 사이의 강력한 관계를 암시한다.

음식물을 많이 먹는다고 좋은 게 아니듯 책도 많이 읽는 것만으로는 충분하지 않다. 또한 읽기 쉬운 책만 읽는 것은, 불필요하게 부드러운 음식물만 계속 먹는 것과 마찬가지다. 위가 점점 약해져 평범한 음식물도 소화할 수 없게 되듯이, 우리의 정신도 생각하는 힘을 잃고 만다. 지나치게 편식을 하면 몸을 해치는 것처럼 우리의 정신도 빛을 잃는 일이 있다.

'좋은 약은 입에 쓰다'는 속담도 있듯이, 약초를 먹을 때처럼 필요하면 입에 쓴 말도 계속 먹어야 한다. 게다가 우리는 같은 약초를 몇 년에 걸쳐 사용하는 일도 있다. 같은 약초라도 그 작용은 나날이 새롭게 느껴진다.

마음을 뒤흔드는 말과의 관계도 마찬가지다. 그런 말은 언제 읽어도 새롭다. 한 번에 다 알았다고 생각해 돌아보지 않는 것은, 한약을 하루만 먹고 마는 것과 같이 참으로 안타까운 일이다.

세상에는 독毒 있는 말도 있다. 하지만 어떤 때는 독이 약이 되기도 한다. 동서를 불문하고 의료 현장에서 심각한 병에 보통 때는 독인 것을 약으로 이용해온 역사가 있다.

봄이 되면 쓴맛을 포함한 식물이 나타난다. 그 성분이 겨울 동안 모인 것을 체내에서 배출하는 일을 거들어준다. 말과의 만남도 이와 비슷하다. 쓰디쓴 말과의 만남은, 겨울이 끝나고 봄이 찾아왔음을 알려준다.

여기서는 보기에는 좋지만 마음에 와 닿지 않는 문자는 '기호'라고 쓰고, 살아 있는 말은 '말'로 쓰기로 한다. 그리고 기호로 채워진 것은 '문면文面', 말로 엮인 것은 '문장'으로 표현하기로 한다.

마음에 와 닿지 않는 말은 드물지 않다. 현대는 의식을 교란하지만, 전혀 마음에 닿지 않는 정보로 흘러넘친다. 우리는 그런 말을 받아들이는 것을 '읽는' 일이라고 믿고 있다.

또한 쓴다는 게 무엇인지를 실감한다. 꼭 문장의 작법을 공부한 뒤에 실감한다고는 말할 수 없다. 공부하면 확실히 문면은 다듬어진다. 하지만 거기에 살아 있는 말은 좀처럼 떠오르지 않는다. 다른 식으로 말하자면, '쓴다'는 것은 무엇인가를 궁구하려는 일은, 말이란 무엇인가를 생각해보는 시도라고 할 수도 있다.

기법을 익혀 잘 쓰고 싶은 것은 자연스러운 일이다. 하지만 그런 배움과 넓은 의미의 문학적 심화는 전혀 관계가 없다. 또한 말에 관해 말하자면, 기법을 익힌다고 해서 사람의 정신 활동이 자유로워진다고 말할 수도 없다. '넓은 의미의' 문학은 소설이나 시, 비평이라는 정해진 형식이 아니어도, 편지나 일기 또는 여백에 갈겨쓴 메모일지언정 거기에 새겨진 말이 살아 있으면 그걸로 충분하기 때문이다.

거기에는 작품이 아닌 것도 있지 않을까, 하고 말할지도 모른다. 하지만 문학이 반드시 작품일 필요는 없다. 이름 없는 사람이 쓴 편지 속에도 문학은 있다. 살아 있는 말이 있으면 그걸로 충분하다. 기술은 미숙해도 문학은 생겨날 수 있다. 오히려 기법이 문학의 생명을 가두기도 한다.

누군가에게 배운 문장은, 저절로 가르친 사람의 문장을 닮아간다. 가르쳐준 사람이 옳다고 생각하는 기법을 익혀도, 그것으로 꼭 우리의 마음이 뭔가를 말하기 시작한다고는 말할 수 없다. 만약 누가 쓰든 '뛰어나' 보이는 방법이 있다 해도, 그것은 문면이 잘 다듬어진 것일 뿐, 거기에는 쓴 사람이 마음으로 찍은 각인도 없고, 이미 살아 있는 것으로 부를 만한 가치도 없다. 정말 느끼는 것을 말로 해보고 싶은가. 아니면 실감은 동반하지 않지만 겉으로 보기에 예쁘다면 그것으로 좋은가. 우리는 선택할 수 있다.

마음을 벌거벗을 수만 있다면, 사람은 누구나 타자가 결코 흉내 낼 수 없는 절실한 말을 엮어내기 시작한다. 우리가 써야 하는 것은 누군가에게 평가받는 기호의 나열이 아니라, 자신도 놀라게 하는 살아 있는 말 아닐까.

하지만 마음에 있는 것을 쓰려 해도 아마 잘 안 될 것이다. 오히려 사람은 씀으로써 마음에 무엇이 있는지를 알기 때문이다.

쓰는 행위는 절실한 사건을 말로 나타내려는 것이지만, 동시에 자신에게 무엇이 절실한지를 생각해내는 행위이기도 하다. 우리가 갈고닦아야 하는 것은 쓰는 기술이 아니라 일상에서 자신의 마음을 응시하는, 정적靜寂의 한때를 준비하는 일 아닐까.

말의 작용은 질적인 것이므로 평온한 시간은 길지 않아도 된다. 한순간이라도 상관없다. 다만 말을, 생각을 표현하는 도구로 여기는 태도에서 조금 떨어져, 말이 저절로 이야기하기 시작하는 작은 장소를 준비하면 그것으로 충분하다.

19세기 미국의 시인이자 소설가였던 에드거 앨런 포Edgar Allan Poe, 1809~1849는, 쓸 수 없는 생각에 바로 진실이 깃들어 있음을 알았다. 그뿐 아니라 그는 세상에 숨어 있는 말에 불가능을 가능하게 하는 힘이 깃들어 있음을 여러 번 보았다. 에드거 앨런 포는 그런 말의 힘을 생생하게 말했다. "인류의 사상, 상식, 감정을 한꺼번에 뒤집으려는 야심에 찬 사람이 있다면, 그것은 쉽게 실행할 수 있다"며, 쓰는 행위에 숨어 있는 작용에 대해 이렇게 적었다.

> (그것을 위해서는) 조그만 책 한 권을 쓰면 된다. 제목은 '벌거벗은 내 마음'이다. 책의 내용은 제목대로여야 한다. (…) 하지만 책을 쓸 용기를 가진 자는 지금껏 없었다. 용기가 있었다 해도 그것을 쓸 수 없는 것이다. 시도해보라. 종이는 작열했던 펜에 닿아 타오르고 사라져버릴 것이다.

이 대목은 『마지널리아marginalia』(1936)라는 책에 있다. '마지널리아'는 책의 여백에 써 넣는 글을 가리킨다. 책의 여백에 문득 무언가를 적는 그런 때야말로 사심 없는 인생의 통찰이 깃든다는 것을 에드거 앨런 포는 잘 알았다.

모순되는 것처럼 들릴지도 모르지만, 뭔가를 쓰고 싶다면 우선 말이 되지 않는 것을 마음에 깃들게 해야 한다. 그리고 그 씨앗을 조용히 키워 마음속에서 싹트게 해야 한다.

쓴다는 것은, 말할 수 없는 것의 씨앗을 혼자 키워가는 일
이라고도 할 수 있다.

2012년 아버지가 돌아가셨다. 좌우간 책을 좋아한 사람이었는데, 읽기를 즐기는 것은 물론이고 사는 데도 강한 열정을 갖고 있었다. 고향 집에는 지금도 아주 많은 책이 가지런히 늘어서 있다.

열정이라는 것은 비유가 아니다. 만년에 눈이 안 좋아져 활자를 읽는 일이 불편해진 뒤에도 책을 사는 아버지의 기세는 누그러지지 않았다.

거의 책을 읽을 수 없게 되고 나서도 아버지는 매월 수만 엔어치의 책을 샀다. 나를 포함해 형제 셋이 매월 돈을 보내드리던 상황이라 살림에 여유가 있었던 것도 아니다. 오히려, 다소 절약을 해야 하는 상황이라는 것을 아버지도 잘 알았다.

읽을 수 없는 책을 산다. 그것도 아주 많이 구입한다. 이런 말을 들으면 왜 그렇게 쓸데없는 짓을 할까, 할지도 모른다. 어느 시기까지는 나도 그렇게 생각했다.

어느 날 가족끼리 의논해서 아버지에게 책을 그만 사시라고 제안해보기로 했다. 그 임무가 막내아들인 내게 돌아왔다. 형제 중에서 아버지의 책에 대한 열정을 가장 강하게 이어받은 것은 틀림없이 나였기 때문이다.

책을 좋아하는 사람에게 책을 사지 말라는 것은 음식을 먹지 말라는 것과 비슷하다. 설득은 순조롭지 않았다. 아버지와 이야기를 나누면서 마음속으로는 같은 상황이라면 나도 비슷한 행동을 하지 않을까, 하고 어렴풋이 생각했던 것을 기억한다. 하지만 몇 권이라면 몰라도 읽을 수 없는 책을 살림에 부담이 될 만큼 사는 건 이상하다고 생각해서, 마음을 고쳐먹고 설득을 계속했다.

내 생각이 받아들여질 리 없었다. 아버지는 말도 안 되는 이유를 들었지만 나는 물러설 수밖에 없었다. 뒤로 물러설 수 없는 뭔가가 있음을 충분히 알았기 때문이다.

고향에서 아버지와 이야기를 나누고, 얼마 뒤 회사 동료에게 그 이야기를 했다. 아버지에 대한 불만도 필요 이상으로 입에 담았다.

그러나 이야기하면서 끊임없이, 누군가에게 이야기하는 것은 일의 크고 작음과 상관없이 자기 안에서 제대로 정리되어 있지 않은 일이다, 이야기함으로써 자신의 마음을 확인하는 것이다, 라고 가와이 하야오河合隼雄, 1928~2007가 썼던 것을 떠올렸다.

그러자 잠자코 이야기를 듣고 있던 동료가 "읽을 수 없는 책은 읽을 수 있는 책보다 소중한지도 모르겠는걸" 하고 툭 내뱉었다. 읽고 싶은 마음은 읽을 수 없는 책을 살 때가 더 크지 않겠느냐는 것이었다.

그때의 충격을 잊을 수가 없다. 독서관만이 아니라 세상 사물과의 관계에도 큰 변화를 가져다준 경험이었다.

확실히 책은 읽는 사람을 위해서만 존재하지 않는다. 오히려 책은 그것을 읽어보고 싶어 하는 사람의 것이다. 통독해야 한다는 규칙도 없다. 책 자체를 사랑스럽게 느낄 수 있다면, 그리고 거기에서 하나의 말을 찾아낼 수 있다면 그것만으로도 책을 손에 든 의미는 충분하다.

사람은 언젠가 읽고 싶다고 생각하지만 읽을 수 없는 책에서도 영향을 받는다. 거기에 쓰인 내용이 아니라 그 존재로부터 영향을 받는 것이다. 우리는 읽을 수 없는 책과도 무언의 대화를 계속한다. 만나서 이야기를 나누고 싶은 사람과 비슷하게, 그 존재를 멀리 느끼며 적절한 시기가 도래하기를 기다리는 것이다.

또한 하나의 말에도 인간의 인생을 바꾸기에 충분한 힘이 숨어 있다. 쓰는 사람의 일은 오히려 생애를 바쳐 하나의 말을 전하는 것 같다고도 지금은 생각한다. 통독할 수 있는 시간과 체력이 남아 있을 때 사람은 책에 쓰여 있는 내용에만 눈을 주기 때문에 그런 한마디 말 앞을 지나쳐버리는 것인지도 모른다.

영문학자이자 뛰어난 수필가이기도 했던 후쿠하라 린타로福原麟太郎, 1894~1981는 『독서와 어떤 인생讀書と或る人生』(1967)이라는 자전적인 독서론에서 독서의 기쁨을 다음과 같이 썼다.

잠들기 전까지 읽고, 나머지는 내일 읽자며 아쉬운 마음으로 책장을 덮고 내일 아침을 기다리는 마음으로 잠자리에 든다거나, 밖에서 집으로 돌아갈 때, 집에 가면 바로 그 책을 읽어야지, 하고 속으로 생각하며 전차를 타는 일이 결코 없지는 않다. 내게도 그런 시절이 있었다. 지금 생각하면 아무리 가난해도, 아무리 괴로운 일이 있어도 그런 때는 행복한 것이다.

이 말을 만난 건 고등학교에 다닐 무렵이다. 그때부터 인상에 강하게 남아 있었는데, 아버지가 돌아가신 후 그가 남긴 책장 앞에 섰을 때, 그 말을 새삼 깊이 느꼈다. 아버지의 장서는 말과는 다른 '말'로 뭔가를 말해오는 것 같기도 했다. 그때 경험한 기분은 지금 내 행복관을 결정하는 정서가 되기도 했다.

책을 읽는 즐거움뿐만 아니라 책 속에는 인생의 많은 시간을 보내도 결코 후회하지 않을 풍요로운 세계가 펼쳐져 있다는 것도 나는 아버지로부터 배웠다. 또한, 책은 읽는 것만이 아니라 바라보고, 손에 들고, 또는 마음에 떠올리는 것만으로도 충분한 무언가라는 사실도 배웠다.

살아 계실 때는 스승이라 생각하지 못했지만, 아버지 역시 내 문학 스승 중의 한 사람이었는지도 모른다.

요즘은 책을 읽고 글을 쓰는 일이 아버지와 함께가 아니라면 할 수 없는 행위라고 강하게 느낀다. '함께'라고 한 것은 비유가 아니다. 살아 있는 사자死者인 아버지의 조력이 없다면 계속 글을 쓸 수 없으리라는 사실을 지금은 확실하게 느낀다.

아버지의 장례식 때, 나는 아버지를 모른다고 느꼈다. 아버지가 근무했던 회사 사람들이 장례식장을 채우고 있는 것을 보고 든 생각이었다. 아버지는 일이 삶의 보람인 사람이었다. 가정을 돌보지 않는 사람은 아니었지만, 일에 바친 시간과 정열이 결코 적지 않았다.

하지만, 생각해보면 나는 아버지가 일하는 모습을 모른다. 내가 아는 아버지는 일하다 지친 몸을 추스르려는 사람의 모습을 하고 있었다. 예전에 기업 전사라는 말이 있었는데, 내가 봤던 것은 휴식하는 전사의 모습뿐이었다는 사실을 이제와 새삼 인식했다.

아버지가 쉽사리 치유하기 힘든 일상을 잠자코 살았던 것은 나를 포함한 가족의 생활을 지키기 위해서였다. 가족 때문에 일할 수 있었다는 측면도 있었겠지만, 아버지가 가족을 위해 말 그대로 몸을 깎아냈다는 사실을 장례식 때까지는 충분히 실감하지 못했다.

아버지가 살아 계실 때 나는 아버지와 꼭 양호한 관계는 아니었다. 특히 아버지의 만년에 그러했다. 서로 으르렁거리진 않았지만 아버지를 소원하게 느끼는 일이 적지 않았다. 아버지를 충분히 받아들일 수 없었던 것이다.

아버지는 불필요할 만큼 회사의 상황을 일일이 물어왔다. 사고 싶은 게 있는데 사서 보내줄 수 없겠느냐고 사무실로 연락해왔다. 글을 쓰기 시작하자 어떻게 진행되느냐고 자주 물어왔다.

생각처럼 글이 쓰이지 않을 때, 아버지가 다음 책은 어떤 주제이고 언제 나오는지 묻기만 해도, 쫓기는 듯한 마음에 박차가 가해져 초조함이 심해졌다. 이런 일이 거듭되자 하나하나의 사건은 대단한 게 아닌데도, 어느 날 갑자기 견디기 힘들다고 느껴졌다. 일단 아버지의 희망에 응해주면 바람은 더욱 강해진다. 누군가 나를 의지하면 부담스럽다. 어리광도 정도껏 부렸으면 좋겠다. 마음속으로 그렇게 생각했다.

하지만 지금은 그렇게 느낀 이유가 다른 데 있다는 사실

64

을 확실히 안다. 아버지의 바람이 성가시기보다는 우선 그의 바람에 부응할 자신이 없었을 뿐이다. 아버지는 나를 의지한 게 아니다. 오히려 자신의 경험을 근거로 나에게 도움을 주려고 했다.

결과가 안 좋아도 너무 걱정해서는 안 된다는 말을 전하고 싶어서 회사의 성과를 물었을 것이다. 내가 쓴 글을 아무도 읽어주지 않는 것 같을 때도 확실히 당신만은 읽고 있다, 천 개의 눈으로 읽고 있다, 그러니 생각대로 쓰면 된다, 이렇게 나를 격려해주고 싶었던 거라고 지금은 생각한다.

확실히 글을 쓰는 사람은 한 사람의 독자라도 있으면 계속 쓸 수 있다. 나는 둘도 없는 그 독자의 존재를 알아채지 못했다. 돌아가신 지금은 손에 잡힐 듯이 느껴지는 아버지의 그 마음을 당시에는 전혀 몰랐다.

일에는 자신이 노력할 수 있는 장면도 있지만, 노력이 미치지 못하여 조용히 지켜볼 수밖에 없는 국면도 있다. 눈 덮인 산에서 눈보라를 만난다. 가까운 동굴에서 눈이 그치기를 기다리는 것은 가장 적극적인 또는 필수적인 선택이다. 일에서도 마찬가지다. 쓸데없이 움직이면 큰 손실, 또는 돌이킬 수 없는 사건으로 이어지는 일도 있다. 나는 아버지가 그렇게 조용히 적극적인 삶을 골라내 하루하루 살아왔음을 알았다. 그러나 아버지가 살아 계실 때는 그 의미를 제대로 인식하지 못했다.

아버지는 극작가를 목표로 했던 시절이 있었다. 글쓰기도 싫어하지 않았다. 만년에는 좋지 않은 눈으로도 일의 철칙 같은 말을 써서 내게 보내왔다. 아버지는 다양한 데서 요청을 받고 강연을 했다. 어떤 시기에는 그것으로 생계를 꾸릴 만큼 잦았다고 본인에게서 들은 적이 있다.

가와바타 야스나리川端康成, 1899~1972가 자신의 신세를 말하며 뭔가가 세상에서 이루어지려면 세 세대의 축적이 필요하다고 했는데, 사실일지도 모른다.

외할아버지는 공업 회사를 경영했는데 원래는 문학부를 졸업한 사람으로 독서를 사랑했다. 만년에는 많은 시간을 들여 실크로드 연구를 했다. 언젠가 그 성과를 활자화하는 게 은밀한 꿈이 아니었을까, 하고 생각한다.

외할아버지는 사위인 아버지를 좋아했다. 일곱 살 때 부친을 잃었기 때문에 아버지도 외할아버지로부터 얻은 것이 적지 않았을 터다. 내가 지금 이렇게 글을 쓰며 동료와 회사를 계속 운영하는 데에도, 틀림없이 외할아버지와 아버지로부터의 영향이 강하게 작용하고 있을 것이다.

가까운 선인先人인 그들을 가슴으로 느끼면 미야자와 겐지의 말이 떠오른다. 생전에 미야자와 겐지는 한 권의 시집밖에 내지 않았다. 그는 그것을 '시집'으로 부르기 싫어하여 '심상心

象 스케치'라고 불렀다. 책의 제목은 『봄과 수라春と修羅』다. 서문은 다음과 같은 구절로 시작한다.

나라는 현상은

가정假定된 유기有機 교류交流 전등의

한 파란 조명입니다

(모든 투명한 유령의 복합체)

풍경이나 모두와 함께

바쁘게, 바쁘게 명멸하며

너무나도 분명하게 계속 켜지는

인과因果 교류 전등의

한 파란 조명입니다

'나'란 누구일까, '나'는 어디에 있는 걸까, 그렇게 생각한다. 그러면 다양한 데서 흘러드는 '전류'에 의해 '나'라는 '전등'이 계속 켜진다는 걸 알게 된다.

그 전류가 꼭 살아 있는 자들로부터 온다고는 말할 수 없다. 오히려 사자死者들로부터 풍부하게 쏟아진다. 미야자와 겐지는 그렇게 말한 것이다.

말은 공부하면 얼마든지 익힐 수 있다. 하지만 그것을 살려고 생각하면, 아무리 머리를 써도 어렵다. 인생이 가만히 말을 내밀 때까지 기다려야 한다. 오히려 산다는 것은 시간을 보내며 인생이 이끌어주는 말의 의미를 깊이 느껴보는 일 아닐까.

20세기를 대표하는 철학자 중 한 사람인 앙리 베르그송 Henri Bergson 1859~1941은 기다림의 의미를 다음과 같이 말했다.

한 컵의 설탕물을 만들려고 한다. 그럴 때 사람은 설탕이 물에 녹기를 기다려야 한다.

너무나 당연한 일이지만 이런 현상을 말로 하려면 수많은 시도와 긴 사색이 요구된다. 또한 진정한 철학적 발견은 늘 소박한, 그러나 강인한 말로 이야기된다는 것도 이 한 구절은 분명히 가르쳐준다. 다른 말로 하자면, 난해한 표현에 머물러 있는 것은, 설령 거짓은 아닐지라도 미숙한 사색의 표현일지 모른다. 수학자 오카 기요시岡潔, 1901~1978가 수학은 숫자로 진정한 세계에 다가가려는 행위라서 "하면 할수록 간단해질 터"(『일엽주—葉舟』)라고 쓴 것도 그런 실감을 말한 것이리라.

철학이란 세계가 어떻게 존재하는지를 생각하고 그것을 개개의 인생과 중첩시키려는 시도이기 때문에, 철학적인 문제를 탐구할 때 우리는 자신의 실감을 소박한 표현으로 이야기해도 상관없다. 오히려 그러는 게 좋다. 그러므로 앞에서 본 베르그송의 말 같은 것을 자신의 노트에 쓸 수 있다면, 우리도 풍부한 발견을 한 것이다.

인생은 몇 개의 말로 물어온다. 나의 경우 '잃다'도 그런 말 가운데 하나였다. 돌아보면 인생의 전기라고 할 만한 사건은 뭔가를 잃어버렸을 때 일어나는 것 같다.

사람은 잃는 걸 두려워한다. 금전이나 물건, 지위, 일자리

등, 그것들 모두가 아니라 일부라 해도 소실될까봐 두려움을 안고 생활한다. 자칫 공포에만 몸을 의탁하면 사람은 눈앞의 현상 속에 숨어 있는 것을 보지 못한다. 하지만 나의 경우, 잃음으로써 나에게 주어진 것을 한층 뚜렷하게 인식할 수 있게 되었던 것 같다.

많이 실패한 인생이어서 그럴지도 모른다. 회사에 다닌 10여 년 동안 가장 귀중한 경험이 무엇이었냐고 물으면 망설이지 않고 좌천이라고 대답한다. 직위를, 급여를, 나아가 신뢰를 잃은 경험이었지만, 관점을 달리하면 그 역시 잃어버릴 수 없는 게 있다는 사실의 발견이었다고도 할 수 있다.

승진했을 때 사람은 보이지 않는 데서 누군가 자신을 도와주고 있다는 것을 좀처럼 깨닫지 못한다. 좌천되었을 때 사람은 그것만을 뼈에 사무치게 실감한다. 인생의 길에서 발이 걸려 넘어진다. 하지만 그렇게 얼굴에 생채기를 입은 사람만이 어둠에서 올려다보는 눈부신 빛의 목격자가 된다.

넘어져보지 않으면 진정으로 일어서는 일의 의미를 알지 못한다. 우리는 의도적으로 넘어질 수 없다. 그럴듯한 행위는 가능하지만, 그건 여기서 말하는 '넘어지는' 것이 아니다. 넘어진다는 것은, 우리가 나아가려고 할 때 인생이 어떤 힘으로 우리를 머무르게 하는 것이다.

회사를 그만두고 2002년에 약초를 파는 현재의 회사를 세웠다. 올해로 15년째다. 3년 전에 사건이 일어났다. 자본금의 세 배쯤 되는 자산과 연매출의 30퍼센트 이상을 잃었다.

그때까지 아무런 문제 없이 판매할 수 있었던 어떤 식물이 그 효능이 좋아서, 법률이 개정되며 판매 가능한 식품에서 인가 없이는 취급할 수 없는 의약품으로 분류된 것이다. 물론 재고는 버릴 수밖에 없었다. 등골이 오싹해진다는 건 그런 때의 일을 말할 것이다.

말은 안 했지만 회사의 모든 사람이 틀림없이 심한 불안감에 시달렸을 것이다. 하지만 그것을 공공연히 떠든 사람은 아무도 없었다. 다들 해야 할 일을 담담하게 했을 뿐이다. 낭비를 줄이고 그 전보다 커뮤니케이션을 더 많이 하게 되었으며, 각자가 새로운 일에 도전했다. 3년이 지나 회사는 업적을 회복했다기보다는 완전히 새로운 공동체로 거듭났다.

잃어버린 경험은 어떤 고통을 동반한다. 육체에도 그런 것처럼 고통은 거기에 치유되어야 하는 뭔가가 있음을 가르쳐 준다.

고통은 적은 편이 좋다고 나는 생각한다. 하지만 고통을 느끼는 일이 없으면 우리는 상처를 처치하려 하지 않는다. 눈앞에 있는 소중한 사람이 얼마나 소중한 존재인지 인식할 수 없게 되는 일도 있다.

평생 몇 번쯤은 경험해야 하는 삶의 고통은 우리에게 공포의 대상이기보다는 인생의 길잡이일지도 모른다.

아플 때 우리는 전례 없이 진지하게 뭔가를 향해 기도하기 시작한다. 그럴 때, 어떻게 사는가가 아니라 어떻게 살아지는가를 생각하기 시작하는 것 아닐까.

　예전에는 슬플 때 우는 거라고 생각했다. 하지만 지금은 꼭 그렇게만 생각하지는 않는다. 슬픔이 극에 달하면 사람은 울지도 못한다. '얼굴로 웃고 마음으로 운다'는 표현도 있다. 마음에 흐르는 눈물은 눈에 보이지 않는다.

　한편, 볼을 타고 흐르는 눈물은 슬픔으로부터 회복되는 징조가 되기도 하는 것 같다. 눈물은 슬픔의 발로일 뿐 아니라 비탄으로 마른 마음을 적시는 생명의 물이 아닐까 싶기도 하다.

　우는 것은 같아도 우는 양상은 아주 다양하다. 감동한 나머지 부르르 떨며 우는 모습은 '감읍感泣'이라고 한다. 슬픔 속에 우는 것은 '비읍悲泣', 큰 소리로 우는 것은 '호읍號泣', 그리고 비가 내리는 것은 하늘이 '우는' 거라는 생각에서 나온 '천읍天泣'이라는 표현까지 있다. 사전을 찾아보면 천읍은 구름이 없는 하늘에서 내리는 소나기를 가리킨다고 쓰여 있지만, 그 글자에 담겨 있는 생각은 그뿐만은 아닐 것이다. 비가 쏟아지는 것처럼 눈물을 흘리지 않고는 수습되지 않는 슬픔을 경험한 사람이 붙인 이름이 틀림없다고 나는 생각한다.

'읍泣'이라는 글자와 별도로 '곡哭' 자를 쓰는 경우도 있다. 온몸으로 우는 것을 통곡慟哭이라고 한다. '통慟'은 의미도 소리도 '도悼'라는 글자에 가까우며, 너무 슬픈 나머지 온몸이 떨리는 모습을 가리킨다.

한편 '곡哭'은 마음속 깊이 운다는 뜻인데, '견犬'이라는 글자가 들어 있는 데서 알 수 있듯 인간의 증거인 언어를 빼앗길 만큼 심하게 우는 모습이라는 것을 보여준다. 여기에는, 말이 안 되고 숨넘어가는 목소리로 동물처럼 흐느껴 우는 일도 포함되어 있는지 모른다.

이바라기 노리코茨木のり子, 1926~2006가 쓴 「샘泉」이라는 제목의 유고 시가 있다. 그녀가 세상을 떠난 후에 출판된 시집 『세월歲月』에 수록되어 있다. 거기서 그녀는 통곡 끝에 눈물이 말라버리는 모습을 이렇게 적고 있다. 이바라기가 '그대'라고 부르는 이는 먼저 떠난 그녀의 반려자다.

내 안에서

흘러넘치던

샘 같은 것은

그대의 숨이 끊어졌을 때 한꺼번에 뿜어 올라

지금은 이미 마르고 말랐고 그래서 이제 눈물 한 방울

나오지 않아요

통곡하는 자의 눈은 이미 눈물조차 빼앗겼다고 그녀는 노래한다.

여기에 그려진 것은 눈물 없는 통곡이라 해도 좋을지 모른다. 눈물은 보이지 않는다. 하지만 '통慟'이라는 글자가 있는 것처럼 그 사람의 영혼은 심하게 요동친다.

'상喪'이라는 글자에는 '곡哭'과 망자亡者, 사자死者를 의미하는 '망亡'이라는 두 글자가 포개어져 있다. 그러므로 '喪'은 단지 누군가 사망한 과거의 사건을 가리키는 글자가 아니다. 거기에는 그 때문에 슬퍼하는 모습, 마음이 찢어질 듯 계속 우는 모습이 나타나 있다.

또한 '상喪'은 '모も'라고도 읽는다. 상을 당해 상복을 입는 것을 복상服喪이라고 하는데, 유교의 관례에서는 그 기간이 3년으로, 그 기간에는 모든 사회적 활동을 삼가고 필요 이상의 대화도 해서는 안 된다고 했다.

지금 보면 너무 오래된 풍속이라 이미 시대에 뒤처진 풍습으로 생각될지도 모른다. 하지만 '상'이라는 말이 성립된 과정으로 돌아가 생각해보면 꼭 그렇다고는 말할 수 없다.

3년 동안 말을 잃고 울며 지내야 했다 해도, 특별히 기이하게 생각할 필요는 없다고 상의 전통은 이야기한다. 오히려 그게 자연스러운 일이며, 그 기간 동안 사람은 말을 넘어 뭔가에 호소할 수 있는 것을 배운다는 뜻이리라.

유교의 성전인 『논어』에는 '쉰 살에 천명을 안다'라고 쓰여 있다. 사람은 쉰 살이 되면 자신에게 주어진 인생의 물음을 알게 된다고 공자는 말했다.

이 말에 이끌려 나온 이바라기 노리코의 「지명知命」이라는 시의 마지막에는 다음과 같은 구절이 있다.

어느 날 돌연 깨닫는다
어쩌면 아마 그럴 거야
수많은 다정한 손이 더해진 것이다

혼자 처리해왔다고 생각하는
나의 몇몇 결절점結節點에도
오늘까지 그걸 깨닫지 못할 만큼 아무렇지 않은 듯이
　　　　—『자신의 감수성 정도는自分の感受性くらい』

남편을 잃은 것은 그녀가 마흔아홉 살 때이고, 이 시는 그로부터 얼마 지나지 않아서 쓰였다. 여기서 '다정한 손'은 살아 있는 자들이 뻗은 것만이 아니다. 거기에는 눈으로 볼 수 없는 것들의 보이지 않는 손도 있다.

그녀에게 '지명'이란 '잃다'의 심화와 같은 뜻이었다고 해도 좋다. 그 경험은 그녀로 하여금 죽은 사람과의 관계를 심화시켰을 뿐 아니라, 살아 있는 이웃에게 이전보다 한층 깊은 애정을 쏟도록 재촉했다.

죽은 사람과 산다는 건, 죽은 사람 쪽을 향해 산다는 뜻은 아닐 것이다. 그건, 보이지 않는 그 손에 떠받쳐지며, 천천히 고개를 들고, 살아 있는 사람들 사이에서 잃어버릴 일이 없는 뭔가를 만들려고 하는 것 아닐까.

'철학'이라는 말을 자각한 것은 고등학생 시절이었다. 정말 매력적인 말이라고 느꼈던 걸 지금도 또렷이 기억한다. 철학이란 무엇인가를 알기 전에 '철학'이라는 말에 매료된 것이다.

그런 것을 단순한 동경에 지나지 않는다고 생각할 수도 있다. 그러나 그게 오늘까지 이어져 '철학'이라는 제목의 책을 쓰게 되고 보니, 꼭 그렇다고만은 할 수 없다.

철학이라는 말은 옛날부터 일본에 있었던 게 아니다. 19세기 중엽 니시 아마네西周, 1829~1897라는 사람이 영어 'philosophy'를 처음에 '희철학希哲學'이라 번역했고, 그것이 얼마 후 '철학'이 되어 오늘에 이르렀다.

고등학교 시절 '윤리'라는 과목이 있었는데, 거기서 철학이란 사람이 어떻게 사는가를 생각하는 학문이라고 배웠다. 또한 철학의 아버지는 소크라테스B. C. 470?~B. C. 399이고, 그의 출현이 갖는 결정적 의미는, 그때까지의 철학자들이 세계가 어떻게 존재하는가를 생각했던 데 비해 소크라테스는 사람은 어떻게 살아야 할까를 문제로 삼은 것이었다고, 그 무렵 읽었던 참고서 같은 데 적혀 있었다.

확실히 소크라테스 이전의 철학자는 만물의 기원을 생각하거나 세계를 존재하게 하는 작용을 둘러싸고 사색을 펼쳤다. 탈레스B. C. 624?~B. C. 546?라는 철학자에 따르면 만물의 근원은 물이다. 헤라클레이토스B. C. 540?~B. C. 480?는 불이라고 했고, 피타고라스B. C. 570~B. C. 496는 수數라고 했다. 이런 철학자들 뒤에 소크라테스가 등장하여, 사람은 어떻게 하면 잘 살 수 있을지를 말해서 철학에 혁명적인 변화를 가져왔다는 것이다. 그러나 고등학교 시절부터 이런 주장에는 강한 위화감이 들었다. 너무나도 '인간적'이었던 것이다.

철학이라는 말이 가열한 힘을 갖고 젊은 나를 매료한 것은, 인간이 느끼는 세계 저편에 있는 또 하나의 세계를 철학이 엿보게 해준다고 생각했기 때문이었다. 어떻게 살까, 하고 물을 때 행동의 중심은 인간에게 있다. 만약 철학이 어떻게 살까를 생각하는 것으로 시종한다면 너무나도 시시하다고 생각했다.

하지만 어떻게 살아지고 있을까를 생각할 때, 진정한 주격은 인간을 넘어선다.

철학이란 사람이 어떻게 살지를 고찰하는 것이 아니라, 어떻게 살아지는지를 밝히는 게 아닐까 하는 생각에 처음으로 읽은 책이 『소크라테스의 변명』이었다.

이 책이 탄생한 것은 대략 2400년 전이다. 번역을 통해서라도 그 책을 읽고 있는 것이 신기해서 견딜 수가 없었다.

책장을 넘기면 기원전 399년 아테네의 커다란 집회장에 모인 사람들의 웅성거림이 들려온다. 그 감각은 지금도 변함이 없다. 사람들은 소크라테스가 무슨 말을 시작할지 마른침을 삼키며 기다리고 있다. 소크라테스는 세상에서 가장 지혜로운 자라고 여겨졌다. 그러나 그런 인간에게는 적도 많다. 그는 신을 모독하고 젊은이들을 미혹의 길로 이끈다는 죄로 고발당했다. 그에 대한 그의 응답이 『소크라테스의 변명』에 기록되어 있다.

어느 날 카이레폰이라는 소크라테스의 친구가 무녀에게 가서 아테네에 소크라테스보다 더 지혜로운 사람이 있느냐고 묻는다. 델포이의 무녀는 없다고 대답한다. 소크라테스야말로 당대에 최고로 지혜로운 사람이라고 신이 인정한 것이다.

당시 지혜로운 사람이라 자칭하고 그것으로 생계를 꾸리던, '소피스트'라 불리는 사람들이 있었다. 그들은 자신이야말로 세계의 신비를 알고 그것과 조화롭게 사는 길을 안다고 말하기를 마다하지 않았다. 하지만 소크라테스의 인식은 달랐다. 그는 반대로, 자신은 무슨 일이나 다 알 수 없다, 오히려 자신은 아무것도 모르는 무지한 자임을 안다고 말했던 것이다. 그런 소크라테스의 태도를 후세 사람은 '무지無知의 지知'라고 불렀다.

아무것도 모른다고 말하는 자를 신이 지혜로운 사람이라고 인정했다. 소피스트들의 입장에서 보면, 그것은 바로 자신들의 위선을 증명하는 사건이었다. 그들이 소크라테스를 추방해야 한다고 생각한 것은 필연이었다.

그런데 수업 시간에 배운 것처럼 소크라테스는 정말 사람은 어떻게 살아야 하는지를 말했을까. 사실은 아무것도 모른다는 사람이 무슨 방법으로, 어떻게 살아야 하는지를 타자에게 말할 수 있을까. 지혜는 어디서 오는지를 둘러싸고 소크라테스는 이렇게 말했다.

여러분! 신만이 정말 지혜로운 자인지도 모릅니다. 그리고 이 신탁에서 신이 말하려는 바는, 인간의 지혜란 이제 전혀 가치가 없다는 것인지도 모릅니다. 그리고 인간은 여기에 있는 이 소크라테스를 말하는 것처럼 보이지만, 제 이름은 그저 구실로 이용할 뿐인 것 같습니다. 그러니까 저를 한 예로 들어, 인간들이여, 너희 중 가장 지혜로운 자는, 누구든지 소크라테스처럼 지혜에 대해서는 사실 자신이 아무런 가치도 없는 사람이라는 걸 안 자다, 라고 말하려 한 것 같습니다.

만약 소크라테스가 어떻게 살아야 하는가를 말했다면, 그 역시 한 사람의 소피스트에 지나지 않았을 것이다. 인기가 있어 다소 질투를 사는 일은 있어도 목숨을 위협당할 만한 원망을 사지는 않았을 것이다. 그가 먼저 파악한 것은 인간의 문제가 아니라, 그가 '지혜'라고 부르는 신의 역사役事가 세계에서 작동하는 이치였다. 그런 다음 그는 거기에 인간이 어떻게 응할 수 있을지를 생각했던 것이다.

philosophy의 어원 philosophia는 philo사랑하다와 sophia지혜/예지로 이루어졌다. 철학이란 세계를 해석하는 것이 아니라 어디까지나 신의 역사를 사랑하려는 행위임을, 이 한마디가 구성되는 과정이 가르쳐준다.

신의 역사를 사랑한다는 것은 바로 살아지는 실감을 말한다. 그것은 특별한 지식이나 경험이 없어도 지금 여기서 만인이 행할 수 있는 행위가 아닐까.

진리가 모든 사람에게 열려 있는 것처럼, 철학의 문 역시 누구에게나 열려 있다. 그것이 소크라테스가 생각한 '철학'의 모습이었던 것 같다.

색
을
받
다

염직가染織家라는 직업이 있다. 식물에서 유래하는 염료로 실을 염색하고 옷 등을 짓는 사람을 부르는 말이다.

일본의 염색 역사는 오래되었다. 8세기 아스카飛鳥 시대에 이미 오늘날을 훨씬 뛰어넘는 기예가 완성되었다. 현대를 대표하는 염직가의 한 사람인 시무라 후쿠미志村ふくみ, 1924~는 예전에 염직이 갖고 있던 의미에 대해 다음과 같이 말한 적이 있다.

고대 사람들은 강한 나무의 정령이 깃든 초목을 약초로 이용하고, 그 약초로 염색한 의복을 걸치고 악령으로부터

몸을 지켰다. 우선 불에 정성을 다하고 좋은 흙, 좋은 철분, 순수한 물로 생명이 있고 아름다운 색을 염색했다. 요컨대 좋은 염색은 목, 화, 토, 금, 수라는 오행五行 안에 있고, 모두 천지天地의 근원에서 색의 생명을 받았다는 것이다.

—『색을 연주하다色を奏でる』

염직은 단지 일상생활을 풍부하게 하는 행위가 아니라, 자연에 깃들어 있는 신들의 힘을 빌려 나쁜 것으로부터 인간의 영혼을 수호하기 위해 이루어졌다. 색은 신체와 영혼의 부적이라는 말일 것이다.

시무라 후쿠미의 작업은 염직의 역사에서 혁명적인 사건이었다. 그녀는 현대에 염직을 다시 인간과 인간을 넘어선 것 사이에서 이루어지는 사건으로 되돌렸다. 그녀의 스승은 '민예'를 발견한 야나기 무네요시다. 야나기 무네요시는 사람이 만드는 아름다운 것을 넓은 의미에서 '공예'라고 부른다. 여기에는 그릇이나 옷만이 아니라 그림도 포함된다. 하지만 그는 '공예'를 두 가지로 엄격하게 구별한다.

하나는 유명인이 만드는 '미예美藝', 또 하나는 무명인이 만드는 '민예'다. 그는 민예에 더욱 고차적인 미가 있다고 말하며 민예의 우위를 이야기하는 데서 한 발짝도 물러서지 않았다. 그뿐 아니라 '미예'를 미숙한 것이라 하여 물리쳤다. 야나기 무네요시에게 민예는 단지 인간이 제작한 것이 아니라, 인간을 넘어선 무언가로부터 받은 미의 화신이었다.

시무라의 어머니 오노 도요小野豊는 야나기 무네요시의 제자이자 염직가였다. 인생의 어떤 시련을 계기로 시무라는 어머니의 일을 이어받기로 결심한다. 그녀의 등장은 선명하고 강렬했다. '가을안개秋霞'라는 기모노가 전람회에 등장하자 일제히 주목한 주위 사람들은 그 자태, 색, 구도, 그리고 흘러넘칠 것 같은 시정詩情에 깜짝 놀랐다. 이 기모노는 1958년 제5회 일본전통공예전에 출품하여 장려상을 수상한다.

이 일로 그녀는 단숨에 유명해졌다. 그러나 한편 야나기 무네요시는 격심한 분노를 드러냈다. 시무라가 자신의 이름을 붙인 작품을 세상에 물었던 일을, 그는 받아들일 수 없었던 것이다.

"야나기 선생님께 파문당했다고 생각했어요"하고 시무라가 내게 말한 적이 있다. 야나기 무네요시에게 그만큼 혹독하게 질책을 당했던 것이다. 하지만 사실은 달랐다. 야나기 무네요시는 민예와 양립할 수 없는 시무라의 작품을 대외적으로는 인정하지 않았지만, 그녀가 모르는 데서는 그 창작을 지지했다. 그것을 말해주는 서한이 나중에 발견되었다.

민예는 확실히 아름답다. 또한 야나기 무네요시가 말한 민예론에도 현대인의 비대화한 자기 현시욕을 훈계하고 미에

대한 경외를 소생시켜야 한다는, 비원悲願이나 다름없는 마음
이 있다. 하지만 야나기 무네요시가 미예라고 부른 것에 미
가 전혀 깃들어 있지 않은 것은 아니다. 민예의 발견으로 우
리는 민예와 미예의 통합이라는 문제를 떠안게 되었다.

앞에서 시무라 후쿠미라는 존재는 혁명적이었다고 했다.
그것은 그녀의 작업으로 민예와 미예가 하나가 될 가능성이
열렸기 때문이기도 하다. 유명한 사람이 만들어도 거기에 민
중의 고통, 슬픔, 정애情愛가 조용하면서도 분명하게 재현될
수 있다는 것을 시무라 후쿠미의 작업은 증명해주었다.

우리가 그녀의 작업에 매료되는 것은 눈으로 보기에 아
름답기 때문만은 아니다. 그녀의 작품은 우리의 가슴속 깊
은 곳에 있어서 잊혔던, 잊히려고 했던 고통이나 슬픔을 감
싸는 듯한 무언가를 느끼게 해준다. 그것은 그녀가 식물에
서 받은 '색色'이 우리 마음의 어둠을 평온하게 드러내기 때문
이 아닐까.

앞의 구절을 인용한 같은 책에서 그녀는 '염색한다'는 행
위에 대해 이렇게 말했다.

어떤 사람이 이런 색으로 염색하고 싶어 이 초목과 저
초목을 조합해봤지만 그 색이 되지 않았다, 책에 쓰인 대
로 했는데도, 하고 말했다.

나는 순서가 반대라고 생각한다. 초목이 이미 갖고 있는 색을 우리가 받는 것이므로, 어떤 색이 나올지는 초목에 맡겨야 한다. 다만 우리는 초목이 갖고 있는 색을 되도록 손상하지 않고 이쪽에 깃들게 하는 것이다.

민예의 정신에서 가장 중요한 것은 창조라는 행위에서 벗어나는 일이다. 사람은 사람의 힘만으로는 아무것도 만들어낼 수 없다. 그 인식을 심화시키는 일이 민예 제작자에게 요구되는 자각이고 긍지였다. 시무라는 색을 '낸다'거나 색을 '만든다'고 말하지 않는다. 늘 '색을 받는다'고 말한다.

진정한 작자作者는 자신과는 다른 사람이다. 자신은 그 볼수 없는 것의 작용 통로에 지나지 않는다는 것이다.

독서를 사랑하는 사람이라면 인생에 몇 번쯤 책의 부름을
받았다고 말하고 싶은 경험이 있지 않을까. 스스로 책을 고
른 게 아니라, 책이 자신의 품으로 뛰어드는 경험을 한 사람
이 있을지도 모른다. 내 경우 시무라 후쿠미의 첫 번째 저작
『일색일생―色―生』이 그런 책이었다.

이 책은 제목에서 알 수 있듯이 염직 세계의 깊이를 드러
낸 에세이집이지만, 동시에 그녀의 자전적 저작이기도 하다.

자전을 쓰는 사람은 대부분 자신이 어떻게 살아왔는지를
말한다. 어딘가 자랑스러운 듯이 말하는 사람도 적지 않다.
하지만 그녀의 태도는 그런 것과는 전혀 다르다. 거기에 그

려지는 것은 그녀가 어떻게 살아왔는지가 아니라 어떻게 살아져왔는지다. 다시 말해 그녀가 드러내려 했던 것은, 자신의 생애보다는 눈에 보이지 않는 형태로 자신을 떠받쳐주는 사람들의 존재였다.

그중 한 사람은 그녀의 오빠이자 화가인 오노 모토에小野元衛, 1919~1947다. 그는 스물여덟이라는 젊은 나이에 병으로 세상을 떠났다. 화가로서 세상에 알려지기 전의 일이었다.

하지만 그가 세상을 떠난 후 그의 작품은 야나기 무네요시를 비롯한 사람들의 마음을 크게 감동시켰다. 그를 재평가하는 움직임은 오늘날에도 계속되어 2012년과 2015년에도 전람회가 열렸다. 그는 화가였지만 동시에 말 그대로의 의미에서 구도자였다. 그에게는 그림 그리는 일도 미美에 이끌리며 도를 닦는 행위였다. 병고는 차츰 그에게서 그림 그리는 힘을 빼앗아 갔다. 그는 자기 안의 생각을 적어 누이에게 보낸다.

어느 서한에서 그는 "인간이 어떻게 하면 이 세상에서 모순 없이, 낭비 없이 최고의 모습으로 끝까지 살아갈 수 있을까, 하는 것을 명시한 게 종교의 본질이라고 생각한다. 예컨대 한 가지 일에 진심을 다하면 그걸로 종교의 본질에 닿는 것이다"라고 말했다. 치열熾烈이라는 말이 있는데, 그 말을 생각하게 하는 소박하지만 불타는 듯한 구절이다. 이런 문장은 손에서만 나오지 않는다. 그는 눈에 비치지 않는 '피'로 썼다.

여기서의 '종교'는 이미 특정 종파를 넘어선 것이다. 그것은 교조에게도, 경전에도, 교의에도 따르지 않는, 위대한 것의 호소에 한없이 다가가려는 고고한 걸음이다. 앞에서 한 말 뒤에 그는 이렇게 잇는다.

그러므로 손쉽지 않다. 굉장히 혹독하다. 다도茶道의 일기일회—期—會*와도 통한다. 일기일회란, 내가 이 편지를 쓸 때, 평생에 단 한 번 쓰는 편지임을 깨닫고 진지하게, 아주 진지하게 쓰는 것을 말한다. 지금 이렇게 편지를 쓰는 것은 평생에 단 한 번뿐인 일이다. 영원에 입각하여 한순간, 한순간 노력하는 것이다. 인간은 최고의 지혜로 살아야 하며, 아무리 힘들 때도 올바른 지혜에 눈을 뜨고 그것에 사로잡히지 않는 마음으로 있으면, 반드시 그 어떤 난관도 돌파할 수 있다. 어리석어선 안 된다.

—「오라버니」, 『일색일생』

사람은 늘 자신이 의식하지 못하는 데서 두 번 다시 되풀

• 다회(茶會)에 임할 때, 그 기회는 평생에 한 번뿐인 만남이라는 마음가짐으로 서로 성의를 다하는 일을 의미한다.

이할 일이 없는, 단 한 번의 말을 쓴다. 그뿐 아니라 그것이 바로 마지막 말이 되기도 한다. 여기에 적힌 말은, 내가 글을 쓰는 데 크고 근본적인 변화를 촉구했다.

만년에 오노 모토에는 매일 병상에서 지내야 했다. 그림은커녕 펜도 들 수 없게 되었다. 그럴 때 누이 후쿠미는 그의 머리맡에서 도스토옙스키의 소설을 낭독해주었다. 그때의 광경을 그녀는 이렇게 적었다.

길고 혹독한 그해 겨울 동안, 오로지 봄이 오기만을 기다리며 나는 오라버니의 머리맡에서 『카라마조프가의 형제들』을 읽어주었습니다. 도스토옙스키가 평생에 걸쳐 희구하고, 의식적으로 무의식적으로 번민했던 신의 존재를 그리기 위해 바쳤다는 이 책은, 곧 유명을 달리한 오라버니의 마음에 어떻게 스며들었을까요.

—「오라버니」, 『일색일생』

곧 세상을 떠나려는 사람에게 경전이나 기도서의 말을 들려주는 일이 있다. 시무라는 도스토옙스키의 작품으로 그와 똑같은 일을 하려 했다. 나에게 이 말만큼 문학에 숨겨진 작용을 강력하고 분명하게 알려준 것은 없다.

책 제목이 된 '일색일생'의 '일색'이란 단지 한 가지 색을 가리키는 말이 아니다. 그것은 모든 색이 돌아갈 근원의 색, 색의 원천을 의미한다. 그것을 엿보기 위해 사람은 자신의 일생을 걸어야 한다고 말한다.

여기서 '색'은 '말'로 치환할 수도 있을 것이다. 사람은 진실로 하나의 말을 찾기 위해 평생을 걸어도 후회하지 않을 거라고 나는 생각한다. 오히려 그것을 위해 자신의 삶을 걸 수 없을 때 크게 후회하지 않을까 싶기도 하다.

한마디의 말, 그 진실에 닿는 것이 일생을 걸 만한 일이라는 것도 나는 이 책에서 배웠다.

황
금
의
'말'

옛날에 다양한 물질을 조합하여 '금'을 만들어내려고 한 사람들이 있었다. 그들을 연금술사라고 한다.

물론 실제로 황금을 만들어낸 사람은 없다. 연금술사가 실재한 것은 분명하지만, 그들이 무엇을 하려고 했는지 그 전모는 지금도 자세히 알지 못한다.

현대에 '연금술'이라고 하면 정치가가 어디선지 모르게 돈을 긁어모아 오는 기술처럼 이야기되지만, 원래의 의미는 달랐다. '금'은 단지 물질이 아니라 불가능을 가능하게 하는 무언가, 최상의 가치를 가진 무언가의 다른 이름이었을 가능성이 무척 높다.

연금술의 전통은 동서양 모두에 있고, 오늘날의 화학, 특히 의약품 연구와도 관련된다. 하지만 그런 '물物'적인 조류와는 별도로 연금술의 전통을 아주 창조적으로 계승한 인물이 있었다. 바로 심층심리학자인 융Carl Gustav Jung, 1875~1961이다.

심리학과 연금술이 무슨 관련이 있는지 의아하게 생각할지도 모른다. 융도 처음에는 그렇게 생각했다. 그가 연금술을 안 것은 심리학 연구를 통해서가 아니었다. 꿈이 그와 연금술을 연결했다.

『자서전』(1955)●에 따르면, 어느 날 융은 연금술의 비전秘傳이 기록된 책을 읽는 꿈을 반복적으로 꾸었다. 얼마 후 그 광경은 현실이 되었다. 그는 그때까지 전혀 인연이 없었던 연금술 책에 둘러싸인 나날을 보내게 된다.

어디서랄 것도 없이 모아온 책에는 글자뿐만 아니라 도상圖像도 많았다. 연금술사들은 언어가 아니라 그림으로, 문자로는 이야기할 수 없는 세계의 비밀을 전하려 했던 것이다. 그에 대해 융은 이렇게 말했다.

문어文語로는 불충분하게 표현할 수밖에 없거나 전혀 표

● 한국어판은 카를 구스타프 융, 『카를 융, 기억 꿈 사상—카를 융 자서전』, 조성기 옮김, 김영사, 2007.

현할 수 없는 사항을 연금술사들은 그림으로 나타냈다. 그 그림이 하는 말은 과연 색다르긴 했지만, 그들이 사용하는 애매모호한 철학 개념들에 비하면 오히려 더 잘 알 수 있는 경우가 적지 않았다.

　　　　　　　　　　　　―「초판 머리말」,『심리학과 연금술 I』

　말만으로는 모든 것을 다 말할 수 없다. 이 소박한 사실은 누구나 느낀다. 그러나 사람은, 특히 현대인은 언어로 말할 수 없는 내밀한 생각을 어느덧 업신여기게 되었다.

　여기서는 언어와는 모습이 다른 의미의 꿈틀거림을 '말'이라고 부르자. 연금술사들은 언어로 표현할 수 없는 예지의 작용을 그림이라는 '말'로 표현하려 했던 것이다.

　연금술에서는 '현자의 돌lapis philosophorum'이라 불리는 것을 이용한다. 융의 책에서 그저 '돌lapis'로 기록되기도 하듯이, 이 '돌'은 얼핏 눈에 띄지 않는다. 하지만 아주 중요한 작용을 담당하는 것 같다.

　현자의 '돌'이라 불리지만 그것이 진짜 광물이었는지도 알려져 있지 않다. 그러나 '돌'이라는 표현에서는 빛나는 보석과는 대극적인 이미지가 떠오른다. 겉보기에는 어디에나 있는 길가의 돌 같은 이미지도 떠오른다.

　만약 연금술의 목적이 다양한 것을 이용해 영원한 것을

만들어내는 거라면, '현자의 돌'은 특정한 물질이 아니라 언어적 표현으로는 담을 수 없는 의미의 결정 같은 존재, 말과는 다른 또 하나의 '말'이 아닐까.

연금술이란 '말'을 이용해 우리가 날마다 언어로 생각하는 것 이상의 무언가를 낳는 행위라고 할 수 있을지도 모른다.

자기가 상대를 얼마나 깊이 생각하고 있는지 말로 전하려하지만 좀처럼 잘되지 않는다. 생각은 늘 말의 영역을 넘어선다. 마음과 마음이 맺어지려 할 때, 말이라는 배는 우리의 생각을 충분히 태울 수 없는 것 같다.

상대를 아무리 소중히 여겨도 우리는 언젠가 이별을 경험해야 한다. 누군가를 사랑하는 것은 이별을 키우는 일이기도 하다.

이별이 반드시 찾아온다는 것을 어딘가에서 본능적으로 느끼기 때문인지 우리는 다양한 수단으로 기록을 남기려 한다. 영상, 음성, 동영상 등 다양한 양식으로 사건을 보존하려 한다. 하지만 그것들도 언젠가는 사라진다. 형태가 있는 것은 언젠가 부서진다.

그러나 '말'은 부서지는 일이 없다. '말'은 원래 인간의 손이 닿을 수 있는 장소에는 존재하지 않기 때문이다.

인간은 '말'을 통해 멀리 떨어진 곳에 있는 사람뿐만 아니라 저세상 사람들과도 접촉할 수 있다. 그리하여 침묵 속에서 죽은 자에게 기도를 올리는 것이리라.

진실로 필요한 것은 무수한 기록 데이터라기보다 몇 개 또는 하나의 '말'로 새겨진 인생의 사건이 아닐까. 우리는 자신과 사랑하는 사람의 생애를 하나의 '말'에 새길 수도 있는 것이다.

'말'이야말로 썩을 일 없는 진정한 황금이 아닐까. 영혼에 '말'을 깃들게 할 때, 우리는 모두 눈에 보이지 않는 황금을 낳는 '말'의 연금술사가 된다.

형
체
없
는
벗

　누군가와 비교한 적은 없지만 지인은 적은 편이 아니라고 생각한다. 하지만 친구는 적다. 언제부터인가 친구는 적어도 좋다고 생각하게 되었다.

　적다는 것은 한 손으로 충분히 헤아릴 수 있는 정도라는 말인데, 나이를 먹고 보니 오히려 많은 친구를 갖기란 불가능한 일이 아닐까 하는 생각도 든다.

　벗이란 무엇인가를 둘러싼 다양한 의견이 있다. 우정론의 고전도 여럿이다. 어떤 사람은 요시다 겐코吉田兼好, 1283?~1352? 의 『쓰레즈레구사徒然草』(1330년경)에 나오는, 학교에서 배운 다음과 같은 구절을 떠올릴지도 모른다.

벗으로 삼기에 어울리지 않는 사람으로는 일곱 종류가 있다. 첫째는 신분이 높아 사는 세계가 다른 사람. 둘째는 풋내기. 셋째는 병을 모르는 건강한 사람. 넷째는 술꾼. 다섯째는 혈기 왕성하고 전투적인 사람. 여섯째는 거짓말쟁이. 일곱째는 욕심쟁이.

좋은 벗에는 세 종류가 있다. 먼저 물건을 주는 벗. 다음은 의사醫師. 마지막으로는 현명한 벗.

세상에는 벗으로 삼아서는 안 되는 일곱 종류의 인간이 있다. 사회적 신분이 높은 사람, 젊은이, 병을 모르는 건강한 사람, 대주가, 싸움을 좋아하는 사람, 거짓말쟁이, 욕심쟁이. 오늘날의 사회에 맞게 의역하면 이렇다.

한편 벗으로 삼아야 할 사람은 물건을 주는 사람, 의사, 넓게는 의료 종사자, 그리고 지혜로운 사람이라고 작자는 말한다.

남과의 교제를 좋아하지 않았던 겐코다운 말이지만 진리의 일면을 드러내고 있다. 특히 '벗으로 삼기에 어울리지 않는 사람'에는 배울 점이 많다. 젊은 사람끼리는 좀처럼 벗이 될 수 없다고 겐코는 생각한다. 젊어서 만나도 진실로 벗이라고 부를 수 있게 되려면 서로 얼마쯤 살아보지 않으면 안 된다는 것일까.

또한 그가 생각하기에 벗으로 삼아서는 안 되는 사람은 자타의 구별이 안 되는 사람이라고 바꿔 말해도 될 듯하다. 타자가 자신과 다른 세계관을 갖고 사는 것을 존중할 수 없는 사람이라고 말할 수도 있겠다.

세계로 눈을 돌리면, 가장 널리 읽혀온 우정론은 로마시대의 철인 정치가 키케로B. C. 106~B. C. 43의 대화편 『우정에 대하여』가 아닐까. 이 책에서 키케로는 우정의 미덕에 대해 이렇게 말한다.

우정은 무한히 큰 장점을 갖고 있지만, 의심할 여지 없는 최대의 장점은 좋은 희망으로 미래를 비추고, 영혼이 힘을 잃고 꺾이는 일이 없게 해준다는 것이다. 진정한 친구를 응시하는 사람은, 이를테면 자신을 닮은 모습을 응시하는 것이기 때문이다. 그러므로 친구는, 그 자리에 없어도 눈앞에 나타나고, 가난해도 부자가 되고, 약해도 장정이 되고, 이는 더욱 복잡한 사정이 있어 한마디로 말하기 힘들지만, 죽어도 살아 있는 것이다.

벗이 있음으로써 물질적으로 가난해도 영혼은 풍요를 느끼고, 마음이 지치고 약해져도 벗을 생각하면 잠자고 있던 힘이 깨어난다. 그리고 친구가 된 사람이 먼 데 있어도 그 존재감은 전혀 줄어들지 않는다. 그뿐 아니라 이 세상에서의 육체는 사라져도 그 존재는 사라지는 일이 없다고도 한다. 벗이란 죽어도 그 존재의 힘을 잃지 않는 자라고 키케로는 생각한다.

그리고 이 작품의 다른 데서 키케로는 같은 등장인물에게 "나는 또 최근에, 영혼은 육체와 동시에 사라지고 죽음과 함께 모든 것이 소멸한다고 말하기 시작한 이들에게는 동의하지 않으니까"라고도 말하게 한다. 진실로 벗인지 아닌지는 어느 한쪽이 죽으면 한층 분명하게 느낄 수 있다는 말인 듯하다.

이러한 실감은 동양의 고전에도 나온다. 『논어』의 "벗이 먼 데서 찾아오면 즐겁지 아니한가有朋自遠方來 不亦樂乎"라는 구절이 그것이다.

'먼 데'란 물리적으로 떨어진 장소라는 의미만은 아닐 것이다. 학교에서는 그렇게 배웠지만, 공자는 세계관이 좀더 넓었다. 키케로의 말과 같이 생각하면, 공자가 말한 '먼 데'에는 저세상인 사자死者의 나라도 포함되는 것 같다.

공자는 제자를 가르치기만 한 것이 아니다. 그는 제자를 친구로 대하고 그들에게서 배웠다. 또한 먼저 세상을 떠난 제자를 잊지 않았다.

『논어』는 현실세계에서 어떻게 살지를 논한 책에 그치지 않는다. 『논어』는 실의失意했을 때 우리 옆으로 가장 가까이 다가온다. 이 책은 눈에 보이지 않는 차원을 포함해 이야기 하는 인생론이고, 또 고차원의 우정론으로 읽을 수도 있다.

믿
음
과
앎

사람은 누구나 뭔가를 믿으려고 한다. 자신을, 타자를, 회
사를, 국가를, 그리고 어떤 사람은 신을 믿으려고 할지도 모
른다. 그러나 믿는 행위에는 늘 위험이 따른다는 것도 어딘
가에서 느낀다.

뭔가를 과도하게 믿으려고 할 때 사람은 자신을, 또 타자
와의 관계를 잃어버린다. 맹신, 광신이라는 말도 있듯이, 믿
는 일은 인간의 눈을 흐리게 하고 인생을 틀어지게 하기도
한다는 걸 역사가 증명한다.

눈에 보이는 증거를 찾을 때는 그래도 괜찮다. 구해도 얻
을 수 없었던 확약 같은 것을 군이 자신의 손으로 만들어내

려고 할 때, 사람은 흔히 큰 실수를 저지른다.

그러면 믿는다는 비합리적인 길을 가지 않고 합리적으로 생각해 필요한 것을 모두 알면 되지 않나, 하는 생각이 일어난다. 하지만 조금 더 생각해보면 그런 일이 불가능하다는 것은 금방 알 수 있다. 세계의 비밀은 사람의 지혜를 훨씬 뛰어넘는다.

그러나 현대인은 거의 무의식적으로 '아는' 길을 나아가고 있다. 능력에도 한계가 있어 모든 걸 알 수는 없다. 그러면 알 수 없는 사실과 현상이 눈앞에 있어도 자신과는 무관한 것으로 여기고 눈을 감게 된다.

또한 우리는 '안다'고 느끼는 것을 믿을 수는 없다. 뭔가를 믿고 싶다면, 우리는 그것을 다 알려고 하지 말아야 할지도 모른다.

자신과 사랑하는 사람 사이에 쌓아올려야 하는 것은, 서로 잘 아는 것뿐만 아니라 서로 깊이 믿는 관계가 아닐까. 그래서 상대를 과도하게 알려고 할 때 신뢰가 무너진다. 알려는 태도를 그대로 드러내면 관계는 점점 엷어진다. 사랑하는 사람과 직접적으로 이어진다 해도 그것은 오래가지 못할지도 모른다. 관계에는 뭔가 매개가 되는 것이 필요한 듯싶기도 하다.

모르니까 불안한 것이다. 상대를 조금만 더 알 수 있다면 안심하고 믿을 수 있다고 말할지도 모른다. 하지만 믿는다는 것은 원래 흔들리지 않는 상태가 아니라 크게 흔들리며 뭔가와 연결되어 있는 상태를 가리키지 않을까.

사람은 언젠가 이 세상을 뒤로해야 한다. 그러나 두 사람이 만들어온 역사는 사라지지 않는다. 서로가 한순간, 한순간 새로워지는 역사와 깊이 관계를 맺을 때, 인간의 관계는 예상을 크게 뛰어넘어 강해진다.

소중한 사람을, 자기 자신을, 또는 자기 인생의 의미를 믿고 싶다면 그것을 알 수 있다고 생각해서는 안 된다. 믿는 일은 자신과 알 수 있는 것 사이에서만 일어나는 사건이기 때문이다.

자신을 안다. 만약 그것이 실현 가능하다면, 우리가 타자의 존재를 이렇게까지 강하게 요구하는 일은 없을 것이다.

우리는 자신의 인생에서 찾아내야 하는 삶의 의미를 몸에 지니고 태어나는 것 같다. 하지만 그걸 혼자 찾아낼 수는 없다. 어느 날 남이 문득 내뱉은 한마디가 마음의 어둠을 갑자기 비추어, 거기에서 찾던 것을 발견하기도 한다.

믿어 의심치 않는다는 말을 가끔 듣는다. 사실일까. 우리는 뭔가를 믿고 싶다고 강하게 원할 때만 진실로 의심하는 게 아닐까.

뭔가를 믿고 싶다, 이렇게 느끼고 열심히 노력한다. 이럴 때 믿는 마음이 아니라 의심이 심해지는 경우가 적지 않다. 문득 의심하고, 그것을 믿는 불꽃으로 부정한다. 그것이 우리의 인생 아닐까.

나는 내가 믿는 것을 모른다.

20세기 프랑스의 철학자 가브리엘 마르셀Gabriel Marcel, 1889~1973의 말이다.

오치 야스오의 「가브리엘 마르셀의 강연」이라는 제목의 작품에서 이 구절을 처음 읽은 것은 10대가 끝나갈 무렵이었는데, 그것이 가슴속 깊이 파고든 것은 액년厄年*이 지나 몇 가지 비통한 일로 인생의 세례를 받고 나서였다.

어느 시기까지는 인생의 문제란 무엇인가를 알고 싶었다. 하지만 지금은 정말 소중한 뭔가를 계속 믿고 싶다. 그것이 무엇인지 나는 모른다.

아는 것이 뭔가를 손바닥으로 느끼는 일처럼 애매한 행위라면, 믿는 것이란 그것을 가슴으로 받아 사는 일이라는 사실은 안다.

---

* 일생에 재난을 만나기 쉽다고 여겨지는 해로 남자는 25, 42, 50세, 여자는 19, 33, 37세다. 여기서는 42세다.

107

사람은 손에 든 것을 떨어뜨릴 때가 있다. 그러나 가슴에 있는 것은, 설사 쓰러진다 해도 우리 곁을 떠나는 일이 없다.

신이 아니더라도 사람을 끝까지 믿기란 간단한 일이 아니다. 서로 친구라고 인정하는 사이라 해도 의심에서 완전히 자유로워지지 않는다. 그런 망설임과 갈등에서 어떻게 하면 빠져나올 수 있을까. 그런 관점에서 다자이 오사무太宰治, 1909~1948의 「달려라 메로스」를 해독할 수도 있을 것이다. 끝까지 인간을 믿어보고 싶다, 또는 사람은 어디까지 자신을, 타자를 믿을 수 있을까. 이는 다자이 오사무의 평생에 걸친 근본 문제였다고 해도 좋다.

사람은 흔히 믿고 싶은 대상에 대한 지식을 쌓으려고 한다. 종교가들은 오랜 세월 동안 많은 노력을 해서 '신학' 또는

'교의학敎義學'이라는 커다란 지知의 체계를 구축해왔다. 그러나 아는 것 너머에서 믿는 것이 생겨나지는 않는다. 오히려 알 수 없다는 인식이 생겼을 때 믿는 행위가 눈앞에 나타난다. 뛰어난 신학서란, 신은 얼마나 알 수 없는 것인가를 우리에게 알려주는 책이라고도 말할 수 있다.

하지만 아는 것을 포기하고, 믿는 것도 제대로 할 수 없는 인간이 적지 않다. 오히려 인간은 대부분 다 알지도 못하고 끝까지 믿을 수 없는 인생을 보낸다. 그런 사람들에게도 길은 남아 있을까. 우리는 곧 그런 물음에 직면하게 된다.

「달려라 메로스」를 쓴 다자이 오사무도 마찬가지였다. 그는 이 이야기의 작자이지만 가장 열렬한 독자이기도 했다. 그는 생각하면서 쓰고, 쓰면서 생각을 심화했다. 사람은 누구나 자신이 쓰는 글의 첫 번째 독자이자 가장 열성적인 독자이기도 하다.

정의감이 강한 일개 목동이었던 메로스는 어느 날, 정의의 계시를 받은 듯이 잔학한 폭거를 되풀이하는 왕을 암살하려 허리에 칼을 차고 왕궁으로 향한다. 물론 이런 터무니없는 행동이 성공할 리 없다. 그는 금세 체포되어 왕의 심문을 받는다.

왕은 아무런 변명도 듣지 않고 메로스를 처형해도 되었다. 오히려 그것이 왕의 일상이었다. 하지만 왕의 생각이 변했는지 두 사람은 대화를 시작한다. 그때 메로스는, 처형당해도 좋다, 하지만 누이가 곧 결혼한다, 결혼식에 참석해 축복해줄 수 있도록 며칠 말미를 달라고 부탁했다.

왕은 한 가지 조건을 달아 승낙한다. 일시적인 석방이지만, 대신 누군가를 감옥에 넣어두라는 것이었다. 그때 메로스가 이름을 댄 사람이 친구 세리눈티우스였다. 이 남자도 뛰어난 인물로, 이유도 묻지 않고 친구의 요청을 받아들인다.

이 소설을 세리눈티우스의 입장에서 읽어본다. 그러자 메로스가 주인공이었을 때와는 전혀 다른 맛이 난다. 메로스는 신뢰와 우정을 체현한다. 하지만 이 친구는 숙명과 그 수용의 의의를 침묵 속에 이야기한다.

메로스는 달린다. 고향으로 달려가 결혼식에 참석한 뒤 다시 달려 돌아오려고 한다. 그러나 그의 육체는 지쳐서 뜻대로 움직이지 않는다. 메로스는 몇 번이나 돌아가기를 포기할 처지에 빠진다. 그럴 때 일부러 늦게 와도 좋다고 말한 왕의 악의에 찬 속삭임이 뇌리에 생생하게 떠오른다.

하지만 그 직후 정체를 알 수 없는 강한 힘이 그의 온몸을 관통하더니 메로스는 다시 달리기 시작한다. 다자이 오사무는 그 장면을 이렇게 그렸다.

석양은 나무들 잎에 붉은빛을 던져, 잎도 가지도 불타는 듯이 빛난다. 해가 질 때까지는 아직 시간이 있다. 나를 기다리는 사람이 있다. 한 치의 의심도 없이 조용히 기대해 주는 사람이 있다. 나는 신뢰받고 있다. 내 목숨 따위는 문제가 아니다. 죽어서 사죄하겠다는 마음씨 좋은 말이나 하고 있을 순 없다. 나는 신뢰에 보답해야 한다. 지금은 오직 그것만 생각하자. 달려라! 메로스.

나는 신뢰받고 있다. 나는 신뢰받고 있다. 조금 전 그 악마의 속삭임은 꿈이다. 나쁜 꿈이다. 잊어라. 온몸이 지쳐 있으면, 문득 그런 나쁜 꿈을 꾸는 법이다. 메로스, 네가 부끄러워할 일이 아니다. 역시 너는 진정한 용사다.

그는 자신을 믿는 힘에 의지하여 다시 달리기 시작한 게 아니었다. 상대에게 신뢰를 받고 있다는 걸 자각함으로써 꺼져가는 듯한 마음에 다시 불을 붙인 것이다.

믿으려는 것은 인간의 노력이다. 노력에는 언젠가 한계가 찾아온다. 한편 신뢰받고 있다는 사실을 깨닫는 것은 발견이다. 그건 인간이 만드는 게 아니라 주어지는 것 아닐까.

앞에서 인용했듯이, 그런 마음을 깨닫고 다시 달리기 시작한 메로스는 도중에 세리눈티우스의 제자 필로스트라토스를 만난다. 그는 이제 늦었다고 메로스에게 말한다. 당신이 뒤늦게 돌아가도 왕은 세리눈티우스를 죽이고 당신까지 처형할 것이다, 세리눈티우스의 바람은 당신이 살아남는 것이다, 그러니 돌아가지 마라, 라고 말한 것이다. 그러자 메로스는 이렇게 대답한다.

그래서 달리는 거다. 신뢰받고 있으니까 달리는 거다. 제시간에 가고 못 가고의 문제가 아니다. 사람의 목숨도 문제가 아니다. 나는 뭔가 굉장히 큰 것을 위해 달리고 있다. 따라오라! 필로스트라토스.

메로스는 단지 친구의 신뢰에 응답하려고 일어서지 않았다. 정체를 알 수 없는 '뭔가 굉장히 큰 것을 위해' 달린다.

이 '큰 것'을 불교에서는 인연, 그리스도교에서는 사랑이라고 부르고, 어떤 철학자는 인생의 의미라고 명명한다. 믿는 길은 좁다. 그러나 인간이 자신을 넘어선 것의 신뢰를 받고 있다면, 거기에 펼쳐지는 지평은 한없이 넓고 풍요로울지도 모른다. 불가시한 뭔가가 우리를 믿고 있다. 그것은 말로는 증명할 수 없다. 하지만 그것을 말하는 현자는 동서고금에 무수히 많다.

「달려라 메로스」는 명작이다. 이번에 다시 읽어보고 새삼 그렇게 생각했다. 무대는 시라쿠스 거리와 그곳에서 40킬로미터쯤 떨어진 벽촌이지만, 실제 이 이야기는 우리의 내면에서 일어난다고 다자이 오사무는 생각하지 않았을까. 이 작품의 무대는 바로 인간 정신의 왕국이다.

누구의 내면에나 왕, 세리눈티우스, 그리고 용사 메로스가 있다.

폭군이었던 왕은 '신뢰받은' 두 남자의 모습을 보고 회심回心한다. 가장 극적으로 변모한 인물이 이 작품의 주인공이라면, 그 주인공은 두 친구 중 한 명이 아니라 바로 이 왕이라고 나는 생각한다. 회심이란 단지 마음을 고쳐먹는 것이 아니다. 그것은 개심改心이다. 왕이 경험한 것은 세계의 역전逆轉이다. 그것은 약자에 의해 강자가 살아지고 있다는, 인생의 비의秘義를 온몸으로 느낌으로써 일어나는 정신의 혁명이다.

눈을
뜨
다

  여러 번 읽은 글이 어느 날 완전히 새로운 의미를 띠고 나타난다. 그럴 때 사람은 하나의 말에도 쉽게 다 퍼 올릴 수 없는 의미의 깊이가 있음을 똑똑히 경험한다.

  그렇다면 같은 책이라도 읽을 때의 상황에 따라 전혀 다른 모습으로 나타난다는 이야기다. 지금까지 느껴지지 않았던 말이 마음속 깊은 곳에 닿는 느낌으로 다가온다. 지금까지 읽을 수 없었던 말이 책에서 떠오른다. 그런 독서 경험을 한 사람이 적지 않을 것이다.

  문자는 움직이지 않는다. 그러나 의미는 변모한다. 읽는 사람의 인생이 움직이기 때문이다.

책을 둘러싸고도 그렇지만 타자로부터 나온 말에서도 그런 일이 일어난다. 전혀 느낄 수 없었던 의미의 깊이를 상대의 언동에서 또렷이 발견하게 된다. 발언만이 아니라 침묵에서도, 말에는 담기지 않는 의미가 깃들어 있음을 발견한다. 나아가 전혀 사랑을 느낄 수 없었던 사람의 언동에서 애정의 발로를 느끼게 된다.

타자의 마음이 반드시 나 자신의 마음과 마찬가지로 움직인다고는 말할 수 없다. 눈앞에서 좋게 느껴지지 않았던 사람이, 생각했던 것보다 훨씬 더 자신을 소중히 생각해주고 있다는 사실을 새삼 깨닫기도 한다.

지금까지 나는 몇 번이나 그런 경험을 되풀이해왔다. 그때마다 내 마음의 협소함이 시틋해졌다. 그러나 정확히 말하면 마음이 좁아서가 아니다. 마음이 나의 일로 가득 차 있었을 뿐이다.

방을 정리해서 공간을 만들면 여러모로 마음이 정리되고 생활과 사고가 바뀐다는 책이 요즘 많이 읽히고, 일상적인 대화에서도 그런 이야기를 자주 들었다. 그 말 그대로라고 생각한다. 방을 살짝 청소하는 것만으로도 작지만 확실한 변화가 일어난다. 하지만 이와 똑같은 일을 우리는 마음의 작은 방에서도 시작해볼 수 있다. 다시 말해, 눈에 보이지 않는 마음의 작은 방에서가 아니면 시작할 수 없는 뭔가가 있는 것이다.

우리의 인생에는 아무리 눈을 크게 떠도 보이지 않는 게 있다. 눈물은 보이지만 슬픔은 보이지 않는다. 신음하는 모습은 보이지만 괴로움은 보이지 않는다. 미소 띤 얼굴은 보이지만 거기 있는 사심 없는 애정은 보이지 않는다.

어쩌면 우리에게는 항상 무언가 보이지 않는지도 모른다. 아마 거의 보이지 않는다고 해야 현실에 더 가까울 것이다. 그러므로 우리가 찾는 것이 보이지 않는 곳에 숨어 있을 가능성도 충분하다.

개안開眼이라는 말이 있다. 어느 순간까지 인식하지 못했던 의미를 갑자기 이해하다, 라는 뜻으로 쓰이는데, 원래는 불교의 용어로 내적 진리를 깨닫는 것, 깨달음을 의미했다.

또한 눈이 뜨인다는 글자에는 지금까지 보이지 않았던 것이 보인다는 울림이 있다. 사람에게는 늘 보이지 않았던 것이 있음을 잊지 말라는 훈계의 의미도 거기에 포함되어 있는지 모른다.

애초에 불교에서는 인간에게 다섯 개의 눈이 있다고 한다. 다양한 해석이 있겠지만, 오카 기요시의 에세이집 『일엽주』에 실린 「과학과 불교」라는 글을 정리해보면 다음과 같다. 오카 기요시는 세계적인 수학자이자 경건한 불교 신자이기도 했다.

첫째 눈은 육안肉眼. 사물을 보는 눈.

둘째 눈은 천안天眼. 자연과 교류하고 눈에 보이지 않는 것을 느끼는 눈.

셋째 눈은 법안法眼. 법계, 즉 피안의 세계를 보는 눈.

넷째 눈은 혜안慧眼. 세계를 하나의 것으로 보는 눈.

다섯째 눈은 불안佛眼. 부처, 깨달은 자로서 세계를 보는 눈.

육안으로도 충분히 보이지 않는데 그다음에 '눈'이 네 개나 더 있다고 불교에서는 말한다.

당연히 다섯 개의 눈 각각에는 전혀 다른 광경이 펼쳐진다. 같은 것을 봐도 세계가 달라진다.

또한 불교도가 아닌 사람은 어떻게 '눈'을 뜰 수 있을까, 하는 의문도 고개를 쳐들 것이다.

하지만 걱정할 필요 없다. 스즈키 다이세쓰에 따르면 불교는 종교지만 전통이 뒷받침하는 진정한 의미의 철학이기도 하다. 불교에 귀의하지 않아도 예지를 받아들일 수 있는 모양이다.

오카는 다섯 개의 눈에 대해, 육안과 천안은 우리의 세계를 느끼는 눈이고, 나머지 세 개는 피안의 세계를 느끼는 눈, 또한 피안의 세계에서 이 세계를 보는 눈이라고도 썼다. 이 세계에는 이 세계만이 세계라고 믿는 사람에게는 보이지 않는 뭔가가 있다는 것이리라.

육안도 노안이 된 나는 세계를 보기가 점점 더 힘들어지고 있다. 인생의 앞날도 그다지 확실하지 않기 때문에 먼 데 보기를 포기하고 있다.

하지만 이따금 타자의 눈으로 세계를 느낄 뿐만 아니라, 망자들의 눈에는 이 세상이 어떻게 비칠까 하는 생각을 하게 되었다.

살아 있는 사람들이 입에 담는 정의는 무엇이든 불확실하지만, 사자死者가 비추는 뭔가를 육안이 아닌 눈으로 보면, 정의는 확실히 존재한다고 느낄 것 같기도 하다.

여기서 '정의'란 사람이 좀더 선하게 살려고 할 때의 지침 정도의 의미일 뿐 대단한 것은 아니다.

『춘소십화春宵十話』라는 오카 기요시의 널리 읽히는 에세이집이 있다. 거기서 그는 '선하게 살려고 하는' 것에 대해 이렇게 말한다.

인생이란 정말 선하게 살려고 하는 자에게는 대단히 살기 힘든 것이라고 생각한다.

—「일본인과 직관」,『춘소십화』

살기 힘들다고 느꼈다면, 결국 생활만의 나날이 아니라 개개의 흔하지 않은 인생이 시작되었다고 생각해도 좋다는 것이다.

독서는 때로 연애와 닮았다. 이쪽이 아무리 좋아해도 관계가 좀처럼 진전되지 않기도 한다. 책에서 뭔가를 진지하게 배우고 싶다면 책의 신뢰를 얻어야 한다.

진정한 의미의 연애가 성취될 때, 맨 처음 생기는 것은 신뢰다.

연애와 신뢰는 관계없다고 말할지도 모른다. 하지만 사람을 좋아하게 된 것이 아니라 진지하게 사랑해보려고 생각한 적이 있는 사람은 그렇게 생각하지 않을 것이다.

두 사람 사이에 신뢰가 없어도 관계는 존속한다. 하지만 거기에는 이미 연애라 부를 만한 것이 없을 것이다. 사람은 신뢰가 형성되기 전에 매료되기도 한다. 그러나 타오르는 성화를 받는 성화대가 없다면 관계는 언젠가 다 타버린다. 일단 타오른 연애의 불꽃은 캠프파이어의 불처럼 축제가 끝나고 아침이 되면 간밤의 분위기가 사라지듯, 거짓말처럼 사라져버린다.

연애를 사랑으로 심화시키려고 진지하게 생각하는 사람들은, 아무리 초라해도 타버리지 않는 뭔가를 두 사람 사이에 쌓아 올려야 한다. 모양만 좋은 것은 신뢰의 그릇으로서는 별로 어울리지 않는다. 사람은 모양 좋게만 살아갈 수 없기 때문이다.

뭔가 특별한 일을 해서 타자로부터 신뢰를 쟁취하려고 한다. 그러나 상대는 그런 걸 보지 않는다. 자신을 신뢰하는지, 자신을 믿을 만한 인간으로 만들려고 하는지 등을 보지 않을까. 확실히 자신을 신뢰하기는 어렵다. 그러나 자신을 신뢰하려 하지 않는 사람을 타자가 어떻게 신뢰하려 하겠는가.

랠프 월도 에머슨Ralph Waldo Emerson, 1803~1882은 19세기 미국을 대표하는 사상가다. 우치무라 간조, 니토베 이나조新渡戸稲造, 1862~1933를 비롯하여 다이쇼大正 시대의 일본에도 큰 영향을 끼쳤다.

에머슨은 『자기 신뢰Self-Reliance』라는 책을 썼다. 거기서 그는 구약성서의 예언자 모세나 철학의 시조 플라톤, 맹인이 된 대시인 존 밀턴John Milton, 1608~1674 등 정신계의 영웅들을 언급하며, 그들은 그때까지의 "책이나 전통을 무시하고 세상 사람들이 아니라 자신들이 생각한 것을 말했다는 점"에서 뛰어나다고 했다. 그들은 자신의 내적 예지의 빛에서 눈을 돌리지 않았다는 것이다. 그리고 에머슨은 앞의 구절을 다음과 같이 이었다.

시인이나 현자는 별처럼 죽 늘어선 하늘의 빛보다는, 내부에서 번쩍이며 자신의 정신을 비추는 섬광을 눈여겨보고 주시할 수 있어야 한다. 그런데도 인간은 자신의 사상을 자신의 것인 만큼 오히려 깨끗이 내버린다. 천재의 작품을 보면, 우리는 늘 거기에 우리 자신이 내버린 사상이 포함되어 있음을 깨닫는다. 예전에는 자신의 것이었던 사상이, 일종의 인연이 먼 위엄을 갖추고 돌아오는 것이다.

—『자기 신뢰』

누구의 내면에나 시인, 현자, 그리고 예언자까지 살고 있다. 그들이 반드시 말로 이야기한다고 할 수는 없다. 예지는 눈부신 빛에 의해 떠오른다.

하나의 말에도 무한한 생각을 환기하는 힘이 깃들어 있다. 예컨대, 빛이라는 한 단어에 의해 각각의 가슴에 떠오르는 광경은 모두 다르다. 어떤 사람은 눈부신 광선을 생각하고, 또 어떤 사람은 마음에 켜지는 작은 빛을 느낄지도 모른다. 밤하늘에 떠오른 별, 아침 해에 비친 산들을 생각하는 사람도 있다.

현대를 사는 우리는 확인할 방법이 없지만, 만약 이미지를 시각화하는 기술이 개발된다면 인간의 수만큼 다양한 세계가 있다는 게 밝혀질 것이다. 에머슨은 '읽기'에 대해서도 흥미로운 말을 남겼다.

예를 들어 유능한 사람이 베르길리우스의 작품을 읽는 모습을 본 적이 있다고 하자. 그런데 그 저자의 작품은 제각각 다르게 읽힌다. 시험 삼아 그 책을 두 손에 들고 눈이 멀 만큼 읽어보라. 내가 읽어낸 것을 당신도 읽어내는 일은 결코 없을 것이다.

—「영혼의 법칙」

같은 글자가 쓰인 책은 무수히 많다. 하지만 사람은 거기서 각각의 의미를 퍼 올린다. 누구도 똑같이 읽을 수 없다고 에머슨은 생각한다. 소중한 책을 읽을 때 우리는 벌거벗은 마음으로 마주해야 한다. 정보를 얻으려 할 때는 머리는 또렷하지만 마음은 닫혀 있다. 가슴을 열지 않으려는 사람에게 어떻게 책이 문을 열겠는가.

책을 읽고 '요忽는' 하며 요점을 이야기하기 시작하는 사람은 아마 여행할 때도 목적지에 도착해 자신이 정한 일을 하면 만족할 것이다. 요점을 이해하는 것과는 전혀 다르게 책과 마주하는 방식도 있다. 며칠 만에 읽을 수 있는 책을 1년에 걸쳐 읽거나, 하나의 말 앞에 멈춰 서도 좋다. 독서는 정신의 여행이기 때문이다.

읽기가 여행이라는 것을 안다면, 올바른 여행이란 존재하지 않듯이 '올바른' 독서라는 것도 없음을 금세 깨달을 것이다.

같은 곳을 가도 같은 여행이 없는 것처럼, 같은 책을 읽어도 같은 독서 경험을 하는 것은 아니다. 우리가 손에 들어야 하는 건 세상에 널리 알려진 책이 아니다. '나'만 읽어낼 수 있는 세계에 단 한 권뿐인 책이다.

'읽다'라는 행위를 다시 생각해본다. 우리가 평소 이야기하는 말을 봐도, '읽다'라는 행위가 문자를 인식하는 행위로 수습되지 않는다는 사실을 깨닫게 된다.

마음을, 분위기를, 구름의 움직임을, 시대를, 나아가 미래까지도 '읽는다'라고 한다. '읽다'에는 애초에 말로는 표현할 수 없는 것을 느낀다는 기능이 있는 듯하다.

또한 문자가 되지 않은 뭔가를 '읽는' 현상에는, 다양한 장면에서 우리가 언어와는 다른 모습을 한 것으로부터도 풍부하게 의미를 퍼 올리는 현실이 잘 드러나 있다. 표정을 읽는다고 말하는 경우도 있다. 물론 책을 읽을 때도 우리는 거기에 쓰여 있는 문자로는 수습되지 않는 뭔가를 느낀다.

또 'よむ요무, 읽다'라는 말은 '讀む요무, 읽다' 외에 '詠む요무, 읊다' 라고도 쓴다. '詠む'는 와카和歌를 읊을 때 쓴다. 읊기는 말을 영원의 세계에 전하려는 행위이기도 하다. 『만요슈萬葉集』• 시대부터 와카는 단지 가인歌人의 심정을 노래하기 위한 것만이 아니었다. 가인 자신의 마음보다는 오히려 충분히 할 말을 갖지 못한 사람들의 마음을 자기 몸에 깃들게 하여 노래로 만드는 게 가인의 역할이었다.

『만요슈』에 등장하는 가인 중 가장 잘 알려진 사람은 가키노모토노 히토마로柿本人麻呂, 645?~710?일 것이다. 그는 여행지에서 객사한다. 그런데 그때의 심경을 다른 가인이 노래로 만든다. 그 노래도 『만요슈』에 실려 있다.

거기에는 "다지히노 마히토丹比眞人라는 사람이 이제 말할수 없는 가키노모토노 히토마로의 심정이 되어 부른 노래"라는 주석이 있고, 다음과 같은 노래가 이어진다.

荒波に寄り來る玉を枕に置き我ここにありと誰か
告げけむ (2·226)

• 7세기 후반에서 8세기 후반에 걸쳐 편찬된, 일본에 현존하는 가장 오래된 와가집(和歌集)이다.

'거친 파도에 밀려오는 보석을 머리맡에 두고 여기 엎드려 있다고 대체 누가 아내에게 전한 것일까' 정도의 의미다.

가키노모토노 히토마로가 어디서 어떻게 죽었는지 자세한 사정은 알려져 있지 않다. 위와 같은 노래를 읽을 때 현대인은 작자가 상상력을 동원해 노래를 읊었다고 생각한다. 하지만 실상은 좀더 생생한 사건이지 않았을까. 이 인물의 가슴에는 지우기 힘들 만큼 강렬한 환상이 떠오르고 그게 말이 되어 흘러넘친 건 아닐까.

위와 같은 노래는 또 있다. 이 노래 외에 죽을 지경에 이른 히토마로 자신이 읊은 노래로 다음 한 수가 실려 있는데, 이 노래를 봐도 현대인이 생각하는 '작자'로는 수습되지 않는 뭔가가 꿈틀대고 있음을 느낀다.

鴨山の巖根しまける我をかも知らにと妹が待ちつつあるらむ (2·223)

'가모야마鴨山의 바위를 베고 누워 죽은 나를, 그런 줄도 모르고 아내는 지금도 기다리고 있을까'라는 뜻이다.

『만요슈』의 현대어 번역 대부분은 히토마로가 읊은 것을 전제로 하여 "바위를 베고 죽어가는 나를"이라고 해석하지만, '이와네시마케루巖根しまける'라는 말은 죽어가는 것이 아니

127

라 이미 죽은 것을 나타낸다.

그렇게 생각하면 상황은 전혀 달라진다. 이 노래도 히토마로가 읊은 것일까, 하는 의심을 지울 수 없다. 히토마로의 영혼을 떠맡은 다른 가인이 히토마로의 심정이 되어 읊은 건 아닐까. 그런 생각이 드는 걸 어쩔 수가 없다.

히토마로는 훗날 가성歌聖으로 불리게 된다. 이는 단지 그의 노래가 뛰어났음을 보여주는 것만은 아니다. 그렇다면 '성聖'이라는 글자는 지나친 과장이다.

불교는 원래 불도佛道라 불렸다. 불교라는 표현이 이렇게까지 빈번하게 사용된 것은 근대 이후의 일이다. 가도歌道라는 말도 있다. 여기서 '도道'는 인간을 넘어선 뭔가를 추구하는 행위를 가리킨다.

가인은 무당이기도 했다. 히토마로는 특히 그러했다. 사자死者의 마음을 재현하는 일이 가인들이 맡은 신성한 의무였던 것은 아닐까.

이는 엉뚱한 생각이 아니다. 근대인으로서 그런 생각을 소리 높여 주장한 인물이 있다. 라이너 마리아 릴케다. 시인은 사자와 천사가 의탁한 말로 쓴 시를 이 세상에 내놓는다고 한다.

목소리가 들린다, 목소리가. 들어라, 내 마음이여, 그 옛

날 오직 성자들만이

들었던 그 자세로. 거대한 부름 소리가

성자들을 땅에서 들어 올렸다. 하지만 성자들은,

오오, 가능을 넘어선 사람들이여, 오로지 무릎을 꿇은

채였고, 그것을 알아차리지 못했다.

그들은 그만큼 경청하는 사람들이었다. 너도 신이 부르

는 소리를 견딜 수 있으리라는 것은 아니다, 아니 결코 그

러나 바람처럼 불어오는 목소리를 들어라,

정적에서 일어나는 끊임없는 그 소식을.

그거야말로 그 젊은 사자死者들이 너를 부르는 소리다.

이 구절을 포함한『두이노의 비가』를 위해 릴케는 10여
년의 세월을 바쳤다. 썼다 지우기를 반복했던 게 아니다. 사
자와 천사라는 볼 수 없는 것들의 '소식'과 방문을 오로지 기
다리기만 했던 것이다. 그 기간 동안 릴케에게 기다림이란
쓰는 일 못지않은 창조적인 행위였다. 기다리는 일, 그것은
시인에게 기도하는 일이나 마찬가지다.

'詠む'는 'よむ'만이 아니라 'ながむ나가무, 읊조리다'라고도 읽
는다. 'ながむ'는 '眺む멀리 보다'라고도 쓴다. 오늘날에는 먼 데
있는 것을 보는 일을 가리키는 이 말도 중세에는 아주 중요
한 철학적 의미를 가지고 있었다. 이 한 단어를 둘러싸고 비

평가 가라키 준조唐木順三, 1904~1980는 다음과 같이 썼다.

['ながむ멀리 보다'란 단지] 공간을 멀리 바라보는眺める 것만
이 아니라 시간의 풍경, 기억이나 기쁨, 슬픔의 경험이 스
며들어 있는 풍경을 바라보는眺める [것이다]. 강하게 말하
면 역사나 시간을 바라본다眺める는 것은 '詠めるい가메루'인
경우가 많다. 이를테면 영탄을 담은 'ながめい가메. 바라봄이나 풍
경'라고 해도 좋다.

— 「가을로의 경사傾斜」, 『일본인의 마음의 역사』

여기서 가라키가 말하려고 한 것은『신고킨와카슈新古今和歌
集』에 있는 다음과 같은 노래를 보면 아주 잘 알 수 있다.

ながむれば衣手涼し久方の天の河原の秋の夕ぐれ
(4 · 321)

'밤이 되지 않은 가을 저물녘에 멀리 바라보며, 아직 나타
나지 않은 은하수 강가의 평지에 마음을 달리니, 아득히 먼
세계에서 불어오는 바람을 옷소매에 느끼네'라는 내용이다.
여기서 'ながむ'는 물리적인 거리를 나타내는 말인 동시
에 현실세계 깊숙한 곳의 또 하나의 세계를 느끼는 일을 나

타내는 말이다.

'(견우와 직녀가 건너서 만난다고 하는) 은하수 강가의 평지天の河原'는 칠석 전설에 나오는 것처럼, 이제 만날 수 없는 사랑하는 사람들이 1년에 한 번씩 만나도록 허락된 장소다. 'ながむ', 그것은 산 사람이 죽은 자들의 세계를 생생히 마음에 느끼는 모습을 나타내는 단어이기도 했던 것이다.

말
의
씨
앗

어렸을 때부터 누구에게랄 것도 없이 자신의 말로 이야기
해라, 자신의 말로 써라, 하는 말을 들어왔는데 대체 자신의
말이란 뭘까.

잘 생각해보면 자신의, 라고 해본들 말에 명찰이 붙어 있
는 것도 아니고, 이 말은 자기 이외에 누구도 사용해서는 안
된다고 말할 수도 없다. 애초에 '자신의 말'은 대체 어디에 있
는 것일까. 집 열쇠가 흔히 현관 앞에 놓인 화분 밑에 숨겨져
있는 것처럼, 정해진 장소를 찾아보면 있기라도 한 것일까.
혹은 연습을 되풀이하면 철봉 거꾸로 매달리기를 할 수 있듯
이 단련의 결과로 얻어지는 무엇일까.

〈읽으면 쓴다〉라는 강좌를 시작한 지 4년째 된다. 참가자는 한 반에 대충 열 명쯤이다. 다들 동서고금의 고전을 읽고 거기 쓰인 말에 이끌려 말을 써본다. 거기에 내가 살짝 코멘트를 달아 돌려준다. 이런 강좌인데 생각해보면 소박하다.

한 달에 총 여섯 번이나 일곱 번쯤 하니까 달마다 70편쯤 되는 실로 다양한 작품을 읽는다. 만 3년을 계속해왔으니 수천 문장을 읽어온 셈이다.

처음에는 다들 좀 긴장한 듯한 문장이었지만, 말을 매개로 한 장場이 만들어지자 말이 자연스럽게 움직이기 시작한다. 이제 자신의 말로 쓰자는 발언이 공허하게 들릴 만큼 한 사람 한 사람이 전혀 다른, 그리고 절실한 실감을 쓰기 시작한다.

첨삭할 때 나는 거의 이름을 의식하지 않는다. 쓰인 말만 읽는다. 누가 썼는지가 아니라 어떤 말이 생겨났는지를 응시하려고 노력한다. 두 번 다시 볼 일이 없는 말로 그것들과 대치한다. '읽는다'고 하면 정확하지 않을지도 모른다. 오히려 바라보는 것처럼 느끼는 경우도 있다. 하나하나 문장의 깊이를 느끼면서, 거기에 펼쳐진 세계를 느끼는 것 같기도 하다. 그것은 여행지에서 보는 아름다운 광경과도 닮았다. 다만 여기서 '아름답다'는 말은 고어古語에서 말하는 '美し가나시'를 함의하고 있다.

옛날에는 '悲し'만이 아니라 '愛し', '美し'라고 써도 '가나시'라고 읽었다. 그걸 가르쳐준 사람은 야나기 무네요시였다. 『나무아미타불南無阿彌陀佛』에 있는 다음의 구절을 만났을 때의 충격을 나는 지금도 잊을 수가 없다. 이 구절을 만나지 못했다면 나는 지금처럼 살고 있지 않았을지도 모른다는 생각도 한다.

'비悲'란 많을 것을 포함한 말이다. 이상二相•의 이 세계는 슬픔으로 차 있다. 그곳을 벗어날 수 없는 것이 운명이다. 하지만 슬픔을 슬퍼하는 마음이란 무엇일까. 슬픔은 함께 슬퍼하는 사람이 있을 때 온기를 느낀다. 슬퍼하는 것은 따뜻하게 하는 일이다. 슬픔을 위로하는 것은 또 슬픔의 정이 아니었을까. 슬픔은 '불쌍히 여기는 마음慈しみ'이고, 또 '애처롭게 여기는 마음愛しみ'이다. 슬픔을 갖지 않은 자애慈愛가 있을까. 그러므로 자비라고도 한다. 우러러보며 대비大悲라고도 한다. 고어에서는 '愛し'를 '가나시かなし, 슬프다'로 읽고, 나아가 '美し'라는 말조차 '가나시'라고 읽었다.

• 불교 용어로, 그 자체만이 갖는 자상(自相)과 다른 것에도 있는 공상(共相)을 통틀어 이르는 말.

말은 때로 씨앗 같은 모습으로 우리 앞에 나타난다. 바람에 날려 찾아오기도 하고, 새 같은 작은 동물이 날라 오기도 하고, 사람이 건네주는 경우도 있을지 모른다. 그러나 그것은 너무 작아서 주의하지 않으면 잃어버리고 만다. 그것을 땅에 심고 키워야 한다.

간단한 말이라면 외우기 어렵지 않다. 하지만 그것을 키우기는 그리 쉽지 않다. 농업과도 비슷해서 시행착오와 인내가 요구된다. 농부가 날씨를 거스르지 않는 것처럼, 말을 키울 때도 마음의 날씨를 무시할 수 없다. 화창한 날도 있지만 구름 낀 날도, 비 오는 날도 있다. 그러나 비 오는 날이 없으면 흙이 바싹 말라버리듯 말도 말라버린다.

씨앗은 햇빛과 물을 주어야 변모한다. 잎을 틔우고, 꽃을 피우고, 열매를 맺는다. 말에서의 대지는 우리의 마음이고, 햇빛은 시간이며, 물은 남모르게 흘려온 눈물이다.

어둠을 사는 자들이여
말을 찾으라
행운이나 기적이 아니라
자신 안에서 말을 찾으라
이미 갖고 있는 것
깃들어 있는 것이

<u>스스로를 일으킨다</u>

괴로워하는 자들이여
말을 찾으라
밖으로 펼쳐진 청각을
마음으로 모으라
사라지지 않는
뭔가를 찾고 있다면
자신의 가슴에 있는
말을 찾으라

쓴다는 것은 말을 개화시키는 행위이기도 하다. 이야기할
수 없는 '말'을 써서 말함으로써 우리는 자기 마음속에 잠들
어 있는 보석을 발견한다.

말은 살아 있다. 그래서 그것에 닿았을 때 우리 마음의 현
弦이 울린다. 심금心琴이라는 말도 그런 '말'에 감동한 이가 발
견한 표현이리라.

후기

몇 년 전이다. 혼자 전철을 탔을 때의 일이다. 언제부터 글을 쓰는 사람이 되고 싶다고 생각했는지 문득 생각하기 시작했다. 생각했다고 하는 건 그다지 정확한 표현이 아니다. 그런 물음에 붙들린 것 같았다.

작품이라 부를 수는 없어도 정리된 글을 쓰기 시작한 게 언제부터인지, 그것부터 떠올려볼까 해서 마음속의 전혀 정리되지 않은, 보이지 않는 연보를 거슬러 올라갔다. 하지만 그럴듯한 사건은 좀처럼 떠오르지 않았다. 어느 시기까지는 읽고 쓰는 일과 아주 거리가 먼 생활을 해왔으니 당연한 일이다.

다른 데서도 썼지만 독서라는 즐거움이 있음을 알게 된

것은 고등학생이 되어 혼자 생활하면서부터다. 매일 밤, 벽 너머로지만 옆방 사람의 이 가는 소리가 들려오는 방에서 텔레비전도 없이 생활하다보면 책이라도 읽을 수밖에 없다. 그전에 읽은 책은 두 권뿐이었다. 독서 감상문 숙제도 있었지만, 초등학교 저학년 때 친구가 후기를 읽고 그것을 정리하면 된다고 알려준 이래 그 가르침을 오랫동안 지켜왔다.

물론 국어 성적은 좋지 않았다. 초등학교 때는 '양'이 보통이었고, 운이 좋으면 '미'였다. 중학생이 되어도 달라지지 않았다. 최고점인 '수'는 남의 성적표에나 적히는 것일 뿐 나와는 인연이 없다고 생각했다.

더욱 못한 것은 그림이었다. 그림이나 공작 성적은 '가'였다. 수업도 자주 빠졌고, 숙제도 전혀 제출하지 않았으니 어쩔 수 없었다.

야외 사생 때는 우울했다. 하루 종일 그림을 그리는 일은 고통 이외의 아무것도 아니었다. 그러나 뭔가를 제출하지 않으면 끝나지 않았다.

일정한 시간이 지나고 선생님에게 그림을 제출한 사람부터 돌아가도 되는 식이었다. 학교가 파하면 다 같이 야구를 해야 한다. 무슨 일이 있어도 야구를 포기할 수는 없었다. 그래서 그림을 잘 그리는 아이에게 내 것도 그려달라고 부탁할 생각을 했다.

잘 그리는 아이에게 그림 그리기는 행복한 한때를 보내는 일이었으리라. 한 장 그려줄 수 없겠느냐고 하자, 아주 간단히 "알았어"라는 대답이 돌아왔다.

일이 너무 순조롭게 진행되어 미안한 마음에 그림 그리는 것 빼고 내가 할 수 있는 일이 없겠느냐고 묻자, 그 친구는 자기 대신 글을 써달라고 했다. 며칠 전에 선생님이 내준, 마을의 역사를 조사해서 정리해 오라는 숙제가 있었다. 자기는 그림이라면 얼마든지 그릴 수 있지만 긴 글은 못 쓰겠다는 것이었다.

글을 잘 쓴다고 생각한 적은 한 번도 없었지만, 그림을 잘 그리지 못하는 것과는 비교가 되지 않았다. 그림을 그려달라고 하는 마음의 부담도 줄어든다. 물론 쾌히 승낙했다.

고향에서는 소마 교후相馬御風, 1883~1950라는 문학자가 배출되었다. 당시에는 그가 뭘 했던 인물인지 몰랐지만, '교후'라는 이름은 어느새 위엄을 가지고 마음속 한구석에 자리 잡고 있었다.

이 인물의 생애를 조사해서 정리해보려고 생각했다. 그의 집은 조그만 기념관이 되어 있어, 그가 살았던 곳 주변을 걸어보았다.

교후는 1883년에 니가타현 이토이가와시에서 태어나 1950년에 그 고장에서 세상을 떠났다. 자유시를 노래하고 와카도 읊은 시인이자 비평가이기도 했다.

자연주의가 문단을 석권하던 무렵 그 중심으로 활동을 계속하다가, 어느 날 고향으로 돌아온 이래 문학계와는 떨어져 생활했다. 이 책에서 비취를 언급했는데, 내 고향에서 비취를 채취할 수 있을 거라고 처음 말한 사람이 교후였다. 이 땅에 전하는 신화를 기초로 한 발언이었는데, 나중에 그게 진실임이 증명되었던 것이다. 그는 몇몇 학교의 교가도 만들었는데, 그중 가장 널리 알려진 것은 "도읍의 서북쪽"으로 시작하는 와세다 대학의 교가다. 물론 내가 다닌 초등학교, 중학교의 교가도 모두 교후가 작사했다.

자기 이외의 누군가를 위해 진지하게 뭔가를 할 때, 사람은 생각지도 못한 능력을 발휘하는 법이다. 부탁받은 글을 다 썼을 때 나는 뭐라 말할 수 없는 충실감을 느꼈다. 그 감각은 지금도 희미하게 마음속 깊은 곳에 남아 있다.

하지만 원고지에 나의 이름을 쓸 수는 없다. 친구의 이름을 적었다. 익숙하지 않은 글씨로 자기가 쓴 글에 다른 사람의 이름을 적었을 때의 위화감도 생생하게 되살아난다. 그때 쓴 글은 갖고 있지 않지만, 성적은 나쁘지 않았던 것 같다. 열 살도 안 됐을 때의 일로 기억한다.

그 원고가 '비평'이라 부를 수 없는 것이었음은 틀림없지만, 어린 내가 시도했던 건, 새삼스러운 말 같지만 분명히 '비평'이었다고 생각한다. 내가 쓴 글이 처음으로 활자가 된 것은 그로부터 10여 년 뒤고, 첫 책을 세상에 내보낼 수 있었던 것은 30여 년 뒤이므로 꽤나 천천히 걸어온 셈이다.

이 책에 실린 에세이는 모두 이번에 썼다. 이 글들을 쓰면서 초등학생 때 썼던 그 환상의 '작품'을 이따금 떠올렸다.

그 무렵 나는 '작품'을 만들어내자는 생각 따위는 하지 않았다. 단지 내가 보고 느낀 것을 되도록 솔직하게 글로 쓰고 싶다고 생각했던 것 같다.

그러나 다시 생각해보면, '쓴다'는 행위에서 요구되는 건 사실 그런 소박한 것이 아닐까. 이래저래 궁리한 문장도 좋을 것이다. 하지만 세상에 말이 태어나려면 인간의 궁리와는 다른 종류의 행위도 필요하다.

말을 자신의 도구로 삼는 게 아니라 말과 함께 뭔가를 세상에 드러내는 것, 그게 글을 쓰는 사람에게 요구되는 인생의 태도라고 나는 생각한다.

태어나라 말
내 가슴을 찢고 나와라
무수한 의식을 그냥 지나치는 게 아니라
하나의 영혼에 닿는 모습으로 나타나라

이야기해라 말

내 몸을 이용해 나타나라

사라지지 않는 빛을 동반하고

한탄하며 괴로워하는 자에게 다가가라

울려 퍼져라 말

내 영혼을 꿰뚫고 퍼져나가

진정한 기쁨은 깊은 슬픔 끝에 있다는 것을

슬퍼하는 자들에게 알려라

일상적으로 시를 쓰지는 않는다. 하지만 산문을 다 쓰고 나면, 거기에 적을 수 없었던 것이 시의 단편 같은 형태로 가슴에 남는다. 예전에는 그걸 노트에 적어 책상 서랍 깊숙이 넣어두었는데, 일상에 위기가 찾아왔을 때 노트를 꺼내 읽는 스스로를 보고 깜짝 놀랐다.

비평을 쓰는 일에도 어떤 의미가 있겠지만, 비평에서는 다 표현할 수 없었던 것을 끝까지 지켜보는 일도 해야 하지 않을까, 라며 생각을 고쳐먹었다. 쓴다는 것은 자신이 생각하는 걸 확인하는 행위라기보다는 쓸 수 없는 뭔가와 해후하는 행위일 것이다. 이 책에 실은 에세이를 쓰면서 나는 잊고 있던 인생의 몇몇 물음과 다시 만난 것 같다.

한 권의 책에는 몇 가지 보이지 않는 기능이 깃들어 있다. 글을 쓰는 사람은 그 여러 가지 공정의 하나를 담당할 뿐이다. 편집자 나이토 히로시內藤寬 씨, 교정자 무타 사토코牟田都子 씨는 말 그대로 협동해온 사람들이다. 감사의 뜻을 전하며 이 책의 탄생을 함께 기뻐하고 싶다.

장정가 사카가와 에이지坂川栄治 씨, 시마다 사요코嶋田小夜子 씨는 디자인 안을 여러 개나 만들어주었다. 장정이 책의 얼굴이어서만은 아니다. 그것은 독자를 향해 가려는 날개다. 멋진 작품을 만들어주어 진심으로 감사한다.

또한 회사에서 함께 일하는 동료들에게도 이 책이 나올 때까지 유형무형의 도움을 받았다. 신뢰할 수 있는 동료와 고락을 함께할 수 있는 것만큼 큰 노동의 기쁨은 없다. 이 자리를 빌려 새삼 깊은 감사의 마음을 전한다.

쓰인 글자는 읽힘으로써 말이 된다. 이 자리를 빌려 독자에게도 깊은 감사를 드리며, 이 책을 세상에 내놓는다.

2016년 10월 26일
와카마쓰 에이스케

도서 목록

뿌리를 찾는다
『二人での生活』, ギュスターヴ・ティボン, 越知保夫・長戸路信行 共譯(ユニヴァーサル文庫).

타는 돌
『新編銀河鐵道の夜』, 宮澤賢治, 新潮文庫.
『新校本宮澤賢治全集 11―童話 4』, 宮澤賢治, 筑摩書房.
(미야자와 겐지, 『미야자와 겐지 전집』(전 3권), 박정임 옮김, 너머, 2015.)

하늘의 사자
『生きがいについて―神谷美惠子コレクション』, 神谷美惠子, みすず書房.

일의 의미
『重力と恩寵―シモーヌ・ヴェイユ『カイエ』抄』, シモーヌ・ヴェイユ, 田邊保 譯, ちくま文庫.
(시몬 베유, 『중력과 은총』, 윤진 옮김, 이제이북스, 2008.)

미지의 덕
『代表的日本人』, 内村鑑三, 鈴木範久 譯, 岩波文庫.
(우치무라 간조, 『대표적 일본인』, 조양욱 옮김, 기파랑, 2011.)

쓸 수 없는 날들
『若き詩人への手紙・若き女性への手紙』, ライナー・マリア・リルケ, 高安國世 譯, 新潮文庫.
(라이너 마리아 릴케, 『젊은 시인에게 보내는 편지』, 김재혁 옮김, 고려대학교출판부, 2006.)

쓰디쓴 말
『鈴木大拙全集』第十九巻, 鈴木大拙, 岩波書店.

말을 엮다
『マルジナリア』, エドガー・アラン・ポー, 吉田健一 譯, 創元選書.

읽지 않는 책
『讀書と或る人生』, 福原麟太郎, 新潮選書.

미지의 아버지

『宮澤賢治全集 1』, 宮澤賢治, ちくま文庫.

『新校本宮澤賢治全集 2』, 宮澤賢治, 筑摩書房.

(미야자와 겐지, 『미야자와 겐지 전집』(전 3권), 박정임 옮김, 너머, 2015.)

고통의 의미

『思想と動くもの』, アンリ・ベルクソン, 河野與一 譯, 岩波文庫.

(앙리 베르그송, 『사유와 운동』, 이광래 옮김, 문예출판사, 1993.)

천명을 알다

『歲月』, 茨木のり子, 花神社.

살아져서 살다

『ソクラテスの弁明・クリトン』, プラトン, 久保勉 譯, 岩波文庫.

(플라톤, 『소크라테스의 변론/크리톤/파이돈/향연』, 천병희 옮김, 도서출판 숲, 2012.)

색을 받다

『色を奏でる』, 志村ふくみ, ちくま文庫.

일기일회

『一色一生』, 志村ふくみ, 講談社學術文庫.

황금의 '말'

『心理学と錬金術』 I, ユング, 池田紘一・鎌田道生 譯, 人文書院.

(카를 구스타프 융, 『연금술에서 본 구원의 관념』, 한국융연구원 C. G. 융 저작 번역위원회 옮김, 솔출판사, 2004.)

형체 없는 벗

『徒然草』, 兼好, 島内裕子 譯, ちくま文庫.

『新版徒然草―現代語譯付き』, 兼好法師, 小川剛生 譯註, 角川ソフィア文庫.

(요시다 겐코, 『도연초』, 채혜숙 옮김, 바다출판사, 2001.)

『友情について』, キケロ, 中務哲郎 譯, 岩波文庫.

(마르쿠스 툴리우스 키케로, 『노년에 관하여/우정에 관하여』, 천병희 옮김, 도서출판 숲, 2005.)

믿음과 앎

『新版小林秀雄―越知保夫全作品』, 越知保夫, 慶應義塾大學出版會.

메로스의 회심

『走れメロス』, 太宰治, 新潮文庫.

『走れメロス』, 太宰治, 角川文庫.

(다자이 오사무, 『달려라 메로스』, 전규태 옮김, 열림원, 2014.)

눈을 뜨다

『一葉舟』, 岡潔, 角川ソフィア文庫.

『春宵十話』, 岡潔, 角川ソフィア文庫.

자기 신뢰

『エマソン論文集 上』, エマソン, 酒井雅之 譯, 岩波文庫.

(랠프 월도 에머슨, 『자기신뢰』, 전미영 옮김, 창해, 2015.)

피안의 말

『萬葉集』 全五卷, 佐竹昭廣, 山田英雄, 工藤力男, 大谷雅夫, 山崎福之 校註, 岩波文庫.

『原文萬葉集』 上下, 佐竹昭廣, 山田英雄, 工藤力男, 大谷雅夫, 山崎福之 校註, 岩波文庫.

(『한국어역 만엽집』(1~12), 이연숙 옮김, 박이정, 2012~2017.)

『ドゥイノの悲歌』, リルケ, 手塚富雄 譯, 岩波文庫.

(라이너 마리아 릴케, 『두이노의 비가』, 최성웅 옮김, 읻다, 2016.)

『日本人の心の歷史』, 唐木順三, ちくま學藝文庫.

말의 씨앗

『南無阿彌陀佛—付心偈』, 柳宗悅, 岩波文庫.

(야나기 무네요시, 『나무아미타불』, 김호성 옮김, 모과나무, 2017.)

말의 선물

초판 1쇄 인쇄 2020년 8월 27일
초판 1쇄 발행 2020년 9월 7일

지은이 와카마쓰 에이스케 **옮긴이** 송태욱
펴낸이 신정민

편집 신정민 **디자인** 김마리 **저작권** 한문숙 김지영 이영은
마케팅 정민호 김경환 **홍보** 김희숙 김상만 지문희 김현지
제작 강신은 김동욱 임현식 **모니터링** 정소리 **제작처** 상지사

펴낸곳 (주)교유당
출판등록 2019년 5월 24일 제406-2019-000052호

주소 10881 경기도 파주시 회동길 210
문의전화 031) 955-8891(마케팅) 031) 955-3583(편집)
팩스 031) 955-8855
전자우편 gyoyudang@munhak.com

ISBN 979-11-90277-75-4 03830